大活字本シリーズ

# 雪《せつ》冤《えん》

大門剛明

《上》



埼玉福祉会

# 雪《せつ》冤《えん》

上

装幀　巖谷純介

# 目次

# 序　章　あおぞら合唱団

出町柳《でまちやなぎ》駅の階段を上がると、辺りは真っ暗だった。

三室戸《みむろど》から乗った時点で薄暗かったのだから当たり前だ。電車内で商法の基本書を読んでいたが、疲れて寝てしまったらしい。外灯を見上げると、光に照らされて細かい雨がその姿を現した。服の上からは感じなかったが、天気予報も最近はよく当る。

平成五年初夏。石和洋次《いさわようじ》は工場での作業を終え、家路についていた。打たれ強そうなあご、筋肉質な二の腕がたくましく日焼けしている。

年は二十九。ただ風体から四十近くに見られることが多い。一応弁護士を目指し法律の勉強中だ。

学生の街だけあって道行く人は若者が多い。傘を差している人はほとんどいない。こんな雨など若さが蒸発させてやるとでも言いたげだ。ここ今出川《いまでがわ》通を東に行けば百万遍《ひやくまんべん》、京大方面。賀茂《かも》大橋を渡って西に進めば同志社《どうししや》大学がある。言うまでもなく京都は歴史ある街だ。道を歩けば名所旧跡の類《たぐい》にぶつかる。だが光もあれば影もある。鴨《かも》川に架かるいくつかの橋の下をのぞくと、ベニヤ板や青いビニール製のテントが張られ、ホームレスが風雨をしのいでいる。

石和は賀茂大橋から下を見た。高野《たかの》川と賀茂川の合流する辺りには数人がいて、懐かしいフォークソングや流行曲を歌っている。その中の一人が橋の下から石和を呼んだ。

「よう石やん、おつとめ終わったんけ？」

声をかけてきたのは六十近い男だ。やっさんと呼ばれている。彼は橋の上までやってきた。作りぞこないのミステリーサークルのように毛の抜けた犬を連れている。

「二十歳くらいの奴にあごで使われましたよ。むかつきました」

「殴ったったら良かったのに」

穏健派ですからと言って笑うと、やっさんは申し訳なさそうに口を開いた。

「仕事行っとるっちゅうことは、試験あかんかったんか」

「一点足りませんでした」

「一点？　たった一点かいな」

石和はええと言った。一点といっても馬鹿に出来ない。択一試験の合格ラインにはギラギラとした連中が何百人もひしめき合っている。今は念のために論文試験の勉強をしているが、予備校で答えあわせをした。通知は見ていないものの、落ちたことは認めざるを得ない。

「ところでこれ、戦利品です」

石和が差し出したのは酒だ。やっさんは少し気兼ねしたような顔を見せた。

「もう封開けたし呑《の》んでもいいですよ」

ほうかと言うとやっさんは相好を崩し、顔を火照らせる。

欄干に手をかけながら、石和は下で行われている合唱にしばらく耳を傾けていた。

洒落《しゃれ》た英語のカレッジソングが聴こえる。同志社の学生たちだろう。彼らは文字通り青春を謳歌《おうか》している。うらやましいものだ。思えば同志社の法学部に落ちたのは、もう十年以上も前のことになるか——石和は同志社のカレッジソングを聴いて八つ当たり気味に言った。

「下手くそですね」

やっさんは笑いながら応じた。

「よう知らん国の国歌斉唱みたいやな」

カレッジソングが終わると、指揮者は群集に礼をした。やや大袈裟《おおげさ》な口笛交じりの拍手が合唱団に向けて送られる。

「同志社大学の皆さん、今のはお礼です。今度は我らあおぞら合唱団の歌をお聴きください」

意外だった。今、同志社のカレッジソングを歌ったのは同志社の合唱団ではなかった。なるほど、彼らは合唱団同士エールの交換をしていたのだ。それにしてもこの指揮者の青年の声はよく響く。既にアルコールが入っていたせいか、石和は合唱団の風体にそれまで気づかなかった。確かに学生風の若者もいる。しかしその合唱団の構成員は大部分がよれよれの服にだらしない長髪、ホームレスに違いない。

「スンダビやるんかな？」

横からやっさんが声をかけてくる。スンダビ？　石和はその言葉をなぞった。

「ええ曲やで。わしは演歌しか興味なかったけど、あちらさんの曲に目覚めたわ。何ちゅうか体中が熱うなる。あれ歌うとな。酒と一緒やな」

「酒に酔い、歌に酔い、女に酔う。だが一番酔えるものは正義だ」

「覚えたか？　梅《うめ》さんの口癖やった」

「何回も聞かされましたし。泥まみれのパンがどうとかも」

ええ人やったんやがな――そう言ってやっさんは犬の頭を撫《な》でた。大人しい犬だ。汚らしいがよく見ると愛嬌《あいきょう》もある。この犬は梅さんという数年前に死んだホームレスが可愛がっていたらしい。石和はあおぞら合唱団について訊《たず》ねた。やっさんは答えて言う。

「京都の学生連中がホームレスの生活支援の一環でやっとるんや。おせっかいいうやつ。物質的援助だけでなく精神面でもってな。まあ、どこまで本気かは知らん」

そうですかと石和は応じた。就職面接に備えてかもしれない。

「最初は青テン合唱団言うたんや。青いテントにちなんでわしがつけた」

自虐的ですねと石和は笑った。


話している間に合唱は終わった。『Ride The Chariot』という陽気な黒人霊歌だった。同志社の学生たちは健闘を称《たた》え拍手をする。まばらではあるが周りからも拍手が起こっていた。橋の上からも聞こえる。

その方向を石和は思わず見た。

そこには二人の女性がいた。

一人は藍色《あいいろ》のワンピースで長い黒髪を後ろに束ねている。年は二十歳くらい。細身で抜けるように色が白い。綺麗《きれい》な女性だった。横にいるのは彼女の妹さんだろう。肩にかかるくらいの短い髪で少しくせがある。まだ中学に上がるかどうかの娘だが、顔立ちがよく似ている。将来美人になることは保証されたようなものだ。恋人同士のように姉により添っている。

「スンダビや、スンダビやらんかい！」

やっさんが少し酔いながら怒鳴っている。やっさんは石和に犬をまかせると、堤防を滑るように降りていった。合唱団員の数はいつの間にか膨れ上がっている。ホームレスがぞろぞろと集まり十人近くになるだろうか。皆が指揮者の持つ青海苔《のり》の付いた割り箸《ばし》に注目した。

指揮者の若者は口元に人差し指を立てる。

鴨川河川敷にわずかばかりの静寂を召喚する。石和も黙ってそれを見ていた。やがて指揮者は割り箸を振りかざす。青海苔が風に舞い、静かに「スンダビ」の合唱は始まった。

「Soon ah will be don'a-wid de trouble ob de worl', trouble ob de worl', de trouble ob de worl'……」

かすれたような声が団員の口から漏れる。しばらくささやくような、小さな声が漏れ聞こえていた。何を言っているのかは聞き取れない。呪文《じゅもん》のようだ。黒人霊歌か、静かな曲だな——そう思った。だがその思いは指揮者が割り箸を一閃《いっせん》した時に破られる。

「I wan't' meet my mother!」

急に声が大きくなる。

「I wan't'meet my mother, I wan't'meet my mother, I'm goin't'live wid God!」

石和は衝撃を感じた。まるでここで全てを破壊するために美しい楼閣を築いてきたようだ。歌にはまるでうとい石和だが、この曲にすっかり魅せられている。その後は合唱団の勢いに飲み込まれるだけ。荒っぽいがそれが逆に迫力を高めた。特に指揮者の青年はすごい。どこまでも伸びるようなテノール。これが素人か？　とてもそうは思えない。圧倒され、鳥肌が立つのを感じる。横を見るとさっきの姉妹がいて、姉は何故か誇らしげに少女に語りかけている。妹は印画紙に焼き付けられたように口をあんぐりと半開きにしていた。

三分間ほどの陶酔が冷めると、石和は堤防を降りる。素晴らしい歌に拍手をしていた。霧雨はこの情熱を冷ますことなどできない。やっさんは叫びすぎで喉《のど》がつぶれたと笑っていた。大合唱後の興奮の中、気づくと横に背の高い青年が立っている。指揮をしていた眼鏡の青年だ。

青年は石和が振り向くと気さくに話しかけてきた。

「確か石和さん……でしたっけ？」

縁なし眼鏡がよく似合っている。いかにも頭が良さそうに見えた。

何故俺の名前を？　石和は表情を変えずに訊《き》く。

「丹波橋《たんばばし》駅で背中押しのバイトしてるでしょ？」

「ええ、目立ちますか」

石和は五歳は年下だろう青年に丁寧に応《こた》えた。青年は問いを続ける。

「僕、大阪の寝屋川《ねやがわ》に住んでいるんです。寝屋川にも押し屋がいますからちょっと興味持ったもので。あれって学生じゃないとやれないんじゃないんですか」

青年は言った。確かにほとんどがそうだ。京都の押し屋は大部分が龍谷《りゅうこく》大か京都教育大の学生だ。石和も以前京都教育大にいた。だがまれに鉄道マニアもいる。

「ところで今の曲はなんていう曲なんですか？　いい曲を聴かせてもらいました」

石和の問いに、青年は笑顔で答える。

「『Soon-ah will be done』っていいます」

「訳すと『もうすぐ終わる』ですか」

「ええ、でも単純に物事が終わるんじゃなく、自分は死んで神の御許《みもと》に行くって内容です。『ah』は黒人英語で『I』という意味だそうで『もうすぐ私は終りだ』って訳す人もいますよ」

青年の解説に、石和はへえと声を上げた。

「凄《すご》い迫力ですね。この曲は黒人霊歌の中で有名なんですか？」

「かなり有名ですよ。鴨川では競うように歌われています。知らない人はいないんじゃないですかね。静の『Amazing Grace』、動の『Soon-ah will be done』って感じです」

「『Amazing Grace』は知っています。そんなに有名なんだ？」

「いえ嘘です。言いすぎでした」

笑いながら手を横に振ると、青年は否定した。

「有名なのは事実ですがね。主に合唱団の新入生勧誘の時に歌われるんです」

「客寄せパンダってことですか？」

「僕もころっと騙《だま》されました。この曲に感動して入団すると歌わされるのはミサ曲ばかり……遊びの場でしか歌えないようになります。要するに詐欺です」

そう言って青年は快活に笑う。石和も軽く微笑んだ。

「ところで石和さんって、本当にホームレスなんですか」

石和は答えずしばらく黙っていた。そう見えても仕方ない。アパート暮らしだが、家賃が滞っておりいつ追い出されるか知れない。ホームレスというわけではないが、予備軍ではある。

「あ、いえ、雰囲気が何となく他の人とは違うから」

「見えないかもしれないけど、これでも二十代なんで……即戦力ルーキー、若手ホームレスです」

「年齢って意味でなく、しゃべり方、物腰が違ったもので」

「一応大学にも通っていたんですよ」

少しだけつまらないプライドが口を突いて出た。

「京教に行っていました。入学時は当然教師を目指していたんですが、どうも向いていないようで……外国をふらっとまわるのが好きで単位を落とし両親とは喧嘩《けんか》、大学も中退してしまった。今は司法試験の勉強をしています。ただ行くとこなくなっちゃって……」

「何故司法試験を受けようと思われたんですか」

大学名と司法試験という単語のギャップを感じたのだろうか。高望みの破綻《はたん》者――そう思いたければ思うがいい。少し卑屈な思いに駆られたが、青年の言葉にトゲは感じない。

「そりゃ風穴を開けるためですよ。旧帝大でもない以上、中退者は高卒と同じ。貯金も職歴もなく三十前。女なんて寄り付かない。こんな境遇から抜け出すためにはそれくらいしないと駄目だと思いましてね」

「弱者のためにとかは？」

「勿論《もちろん》そういう思いもあります。けどそれは二の次、三の次。合格体験記を読めば幾らでも綺麗事が書かれていますけどね。あんなのは勝てば官軍ってやつです。もし仕事内容が同じでも、弁護士などの社会的地位がホームレス並みなら誰もこんな試験受けないでしょう？」

「でも正義のため、苦悩して働いている弁護士もいますよ」

穏やかな声で青年は言った。

「正義のための苦悩か……そんな苦悩とやらをしてみたいもんですね。だいたい人権派なんて金に困らない連中か、組織でやってる奴でしょう？　普通は民事で稼がなきゃ食いっぱぐれる。それに何といっても受からなきゃ何ともならない。贅沢《ぜいたく》な悩みですよ」

石和はそう毒づいた。青年は少し間をあけるとぺこりと頭を下げた。

「石和さん、それじゃあこれで」

笑みを残して青年は賀茂大橋を上がっていく。さっき見たワンピースの女性に話しかけている。雰囲気からして恋人同士のようだ。女性が青年に向けた笑みはあまりにも美しかった。しばらくすると青年は、女性にかしずくような格好をして笑いながら向こう岸に走り去っていく。

「意外とええ奴やろ？」

やっさんが赤い顔で話しかけてきた。石和もええと答える。本心だった。苦労知らずの優等生という感じもしたが、悪い印象はなかった。

「あの八木沼慎一《やぎぬましんいち》いうボンは京大法学部らしい。金持ちの家で父親も弁護士やったそうや」

「そうなんですか、確かに頭が良さそうですね」

「去年二十一歳で司法試験初挑戦、それで受かったんやて」

石和は無言でやっさんの顔を見る。笑顔の消えた石和にやっさんは少しすまなそうな顔を見せた。取り繕うように話し始める。

「ああいうのが眼鏡かけとるとえらい知的に見えるな。わしがかけとると逆にスケベに見えるらしいけどな。まあ、そんなことはどうでもええ。あのボン、ものすごい声しとるやろ」

「さっき聴きましたよ」

「和を乱さんように抑えとったけれどな」

あれでも本気じゃなかったのか——石和は思った。

「合唱やしみんなが気持ちよう歌えんといかんやろ？　ソロで歌《うと》うたらもっと凄い。どこやらの声楽家にも認められとるらしいで。そやけどあの子もあれはあれで悩んどるみたいや。ホンマは芸大行きたかったらしい」

そうなんですか――相槌《あいづち》を打ちつつも、悩みのレベルが違うなと石和は思った。あまりにも棲《す》む世界が違う。彼は全てを持っている。自分はこのままならどうなってしまうのだろう。家族もなく、金もない。寝る所さえままならず履歴書にはぽっかり穴が開いている。現実という太陽を直視すると目が潰《つぶ》れそうになる。

その日は、途中から強い雨になった。

午後十時過ぎ、石和はテントにもぐりこんだ。横殴りの雨が青いテントを叩《たた》いている。鴨川の水量はかなり増した。そんな中、ホームレスの一人がテントの外で大声を上げていた。

「どうかしたんですか」

石和はテントから出ると訊《たず》ねる。

「殺しや、殺し！　殺人事件が起こった！」

「えっ、何処でですか？」

「堀川《ほりかわ》の方らしい」

賀茂大橋の上をパトカーや救急車が走っていくのが見える。野次馬も西の方へ向かっている。石和はその中を駆け出した。やっさんの姿も見える。やっさんは堤防を上がる時に滑って転んだ。だが構わず橋を渡る。同志社女子大の前で話している野次馬の肩を汚れた手で叩いて訊く。興奮していたのか彼らも肩に泥がついてしまったのに別に嫌な顔はしなかった。

「殺人事件ってホンマか」

「ああ、油小路《あぶらのこうじ》の方で二人殺されとったらしい。どっちもまだ二十歳くらいやそうや。犯人は捕まってへん。逃げよった」

「まだその辺うろついとるっちゅうことか」

二人はなおも駆け、堀川通の手前、レンタルビデオ店の手前を右折した。人ごみが出来ている。名も知らぬ神社の前を通ると強引に人ごみを掻《か》き分け、床屋の方へ進んだ。交差する小道の奥に見えたのは小さな一戸建ての家だ。庭があるが狭い。車を一台駐《と》めるスペースすらない。ママチャリと小さな赤い自転車が停められている。玄関は開け放たれており、ささやかな飾りとして竹が伸びていた。死体はもう運び出されたようで異臭はしない。

家の前には電柱があり、その前に一人の少女が座り込んでいる。電柱にはこの辺りでよく見かける京大生・同大生募集と書かれた家庭教師募集の広告が掛けられていた。

「あの子は……」

つぶやく石和の顔をやっさんは見つめる。だが何も言わない。

石和はあらためて少女を見た。髪にはタオルがかけられ、ワンピースはずぶ濡《ぬ》れで下着が透けている。横には女性警察官がいてなにやら説得しているが、てこでも動かないといった様子だ。

勢いを増した雨の中、少女は誰も寄せ付けず泣きじゃくっている。

石和はその少女をずっと見続けている。

雨はそんな二人に、同じように降り注いでいた。

# 第一章　父と息子

## 1

自転車が一台、アバンティの駐輪場に向かっていた。

乗っているのは白髪混じりの男だ。前カゴには大きな手提げ袋が入っていて、大事そうにそれを押さえている。自転車はあちこちにガタが来ている。チェーンは錆《さ》び付き、ライトは点《つ》かない。サドルからはスポンジがはみ出している。製造年月日は昭和。乗れるだけで満足しなければならないようなオンボロ自転車だ。前輪泥除《どろよ》け部分にはSとYのイニシャルが彫られている。

八木沼悦史《えつし》は停止位置の大分手前でブレーキをかける。予想以上に利きが悪く、結局足で停めなければならなかった。平成二十年春。京都駅八条口とアバンティを繋《つな》ぐ通りは、日曜の昼間ということもあり人が多い。談笑する若者や、母親とアイスクリームを舐《な》める子供の姿が見うけられる。鍵《かぎ》をかけると、八木沼はゆっくりと京都駅の方に向かった。

——またあいつか……邪魔だな。

心の中でつぶやいた。視線の先にはアコースティックギターを持った青年がいた。両耳にピアス。髪は金髪。ただ髪の根元は黒い。その染めた髪を後ろで束ね、今風のと言えばいいのかファルセットに甘えた歌声を披露している。流行にうとい八木沼には有名な歌なのか、自作の曲なのかわからない。だがそれはいい。どいてくれとそれだけを願った。

しばらく待っていたが、青年は歌い続けている。愛が全てだとか平和の素晴らしさだとか下らない歌詞だ。憲法二十一条で保障された自由とは厄介なものだ。こんな歌など誰が聴きたいのだろう。気まぐれなカップルが十秒ほど歩みを止めただけで、観客はいないと言っていい。それでも青年は構わずに己《おの》が歌に酔っている。仕方なく八木沼はアバンティの中へ入る。六階の本屋に向かい、そこで一時間ほど暇を潰した。

外に出ると、青年の姿はなかった。才能を買われ、大手プロダクションにでもスカウトされたことにしておいてやろう。やれやれという思いと共に義務感が襲ってくる。手提げ袋からA4サイズのビラ五十枚を取り出した。今日も嫌な時間が始まる。こんなことをして意味があるのかと思いつつ、片手で持てる分のビラを持ち立ち上がった。

ビラには『息子の声を聞いてください』と書かれている。

「犯人逮捕にご協力ください！」

八木沼は腹から大きな声を出して訴えた。道行く幸せそうな人たちにビラを差し出す。その声量に驚いた人々は八木沼に近寄り、何が書かれているのかとのぞき込んだ。

だがそれは最初のうちだけだった。次第に声は小さくなり、通行人も八木沼の存在など無視してそそくさと通り過ぎていく。これでは駄目だと、時おり思い出したように声量を上げるが、自分でも空回りしていると感じた。

「どうか息子の声を聞いてやってください！」

受け取ってくれるのは条件反射的に手を伸ばした人くらいだ。こちらがしゃべっている内容はまるで届いてはいない。たった五十枚がさばけない。政治家が街頭演説で大体の感触がつかめると言うが、それでいくと自分の支持率は極めてゼロに近いだろう。

そんな中、一人の老人が積極的に歩み寄り、ビラを受け取った。八木沼は彼の顔を眺めると笑顔を作り、ありがとうございますと言った。

「息子は見たんです、犯人の姿を」

老人はビラと八木沼の顔を交互に見た。

しばらく黙ってからやおら口を開く。「綺麗《きれい》に刷ってあるんやな」

「わかりやすくするためフルカラーで頼みました」

「あんた昔は弁護士やったんやろ？　自分で弁護したらへんのか」

「もうやめてから二十年近く経っていますから」

ふうんと言って男は少し間をあけた。嫌な間ににじれ、八木沼は軽く白髪を撫《な》でる。それを見て老人はもう一度口を開いた。

「なあ、あんた」

「はい？」

「なんとも思わへんのか、こんなことして」

急に語気を荒げた老人はきつい眼差《まなざ》しをこちらに送っている。八木沼は視線を逸《そ》らせたかったが、そのまま目を合わせ続けた。

どういう意味でしょう？　先に口を開いたのは八木沼の方だった。

「被害者の方に悪いと思わへんのか」

「ですが息子は犯人を見たと……」

「犯人はもう逮捕されとる。あんたの息子や！」

大声に八木沼は言葉に詰まった。だが抵抗するように言った。

「慎一は冤罪《えんざい》を主張しています。それだけでなく真犯人の姿を見たと言っているんですよ」

「初めの頃は自白しとったやないけ」

「身に覚えがなくとも、逮捕されると人は想像以上に動揺してしまうものです。慎一は罪状認否段階でははっきり否認していますし、それ以降も無罪を主張し続けています」

八木沼の言葉を、老人は鼻で笑う。

「冤罪主張しとけば執行されづらいと思って言うとるんやろ。卑怯《ひきょう》な奴や。あんた弁護士やったんやろ？　余計な知恵つけとるとしか思えへんわ」

「私は事件以後、息子とは一度も会っていません」

「ええ加減にしいや！」

老人は八木沼の前でビラを引き裂く。たちまちびりびりに引き裂かれた。

「全くこの親にしてこの子ありやわ」

捨て台詞《ぜりふ》を残し、京都駅に老人は消えて行った。八木沼は言葉もなく、そのまましばらくただじっと黙って立っている。引き裂かれたビラが足元で西部劇のタンブル・ウィードよろしくかさかさと音を立てているのが聞こえた。

一人息子の慎一に最高裁での死刑判決が出てから四年以上経つ。このビラ配りはもう二年も続けている。怒鳴られることは珍しくないので驚かないが、決して慣れることはない。結局この日、予定していた枚数をさばくことはできなかった。八木沼は残ったビラを手提げ袋に入れると、大きく改築された京都駅を見上げた。おかしな涙がこみ上げてくる。軽く首を横に振って八木沼は京都駅の中へ入った。

今から十五年前、ここ京都で殺人事件が起こった。

殺されたのは二人の若者。一人は龍谷大学の男子学生。もう一人はスーパーの店員をしていた十九歳の娘だった。彼らと当時交際していたのが息子、慎一だ。慎一は現場となった彼女の自宅から逃走する際、塾帰りの彼女の妹と鉢合わせしている。捕まった時、慎一の服には被害者の血がついていた。被害者宅の果物ナイフがなくなっており、凶器はこの果物ナイフと思われる。この凶器こそ発見されなかったものの物証と目撃証言から慎一は有罪となった。

「なあ、おっさん」

地下通路を歩いていると、不意に後方から呼び止められた。八木沼は力なく振り返る。そこにはギターを持った男がいた。ウェーヴのかかった金髪を後ろで束ねている。背は八木沼より少し低いくらい。駅前の広場で歌っていた青年だ。

「何だ？」

少し喧嘩腰《けんかごし》に言った。どうせろくなことは言ってこないんだろという自棄的な物言いだった。

「睨《にら》むなよ、おっさん」

「私は若いつもりだがもう六十一だ。自慢じゃないが君に殴りあいで勝てる気はしない」

「えらく好戦的なおっさんだな。別に喧嘩を売るつもりはねえよ。俺の親父も生まれは団塊の世代だしな」

「じゃあ何の用だ？」

「いや、用ってほどのもんじゃない。さっきあんた揉《も》めてただろ？

何があったのかと思ってさ。興味本位ってやつ。遠巻きに見てたけど、あんたすげえ真剣な顔でビラ配りしてた」

八木沼はため息をついた。よく見ると青年の薄い眉毛《まゆげ》の奥、その瞳《ひとみ》は優しげだ。外見だけで判断したことを少し後悔するが、ビラを押し付け、意地になったように冷めた調子で言った。

「興味があったら読んでみてくれ」

青年はビラを受け取ると、ビラと八木沼の顔を交互に見ながら言った。

「『息子の声を聞いてください』か。ふうん、よっしゃ、聞くだけ聞いてやろうじゃねえか」

青年は映画村の広告が貼られた壁にギターを立てかけ、通路にだらしなくしゃがみ込んだ。八木沼は歩きかけるが、何故か気になって踵《きびす》を返した。

「どう思う？」

その問いに青年は眠そうな二重瞼《ふたえまぶた》を向ける。まだいたのかと言いたそうな顔だ。そうだなと言ってから青年は再び視線をビラに落とす。そしてぼそっとつぶやいた。

「冤罪なんじゃねえの」

八木沼は青年の目を見つめる。こういうビラは一方的な物だ。反対意見を示さず片方にだけいいように書かれている。青年は見たところ失礼ながらあまり頭が良い方には見えない。安い共感だろう。だがそんな共感でもこの時は心に染み入るようだった。

「よくわかんねえけど、冤罪っぽい」

その言葉に、八木沼は少し言い淀《よど》む。やがて問いかけた。

「どの辺りを読んでそう思った？」

「ん？　どこっていうかさあ……」

薄い眉毛を撫でながら青年は少し考えた。おそらく論理的な思考はそこにない。だがそんなものは期待などしてはいない。青年は無邪気とも言うべき眼差しを八木沼に向けた。

「あんたの真剣さだよ。あんなに真剣に息子のために訴えている。普通こんなことしねえよ。どんな馬鹿親でもさ。相手にされねえか、さっきみたくつらい言葉を投げかけられるのは目に見えているからな。あんたはそれを承知で訴えている。だからさ」

「ビラの中身とは無関係じゃないか」

「はは、そうだな」

青年は微笑んだ。八木沼もつられて口元が緩む。随分久しぶりに笑みと内心が一致した気がする。不思議だった。事件から慎一の無実の罪を晴らすため何人もの人が協力を申し出てくれた。特に死刑が確定してからは死刑に反対する著名な人々が励ましてくれた。だが素直には喜べなかった。それなのにこの名前すら知らない青年の言葉は何故か心に響くのだ。

「親が子を殺したり、子が親を殺したりするご時勢なのに、あんたら親子の絆《きずな》はたいしたもんだと思うよ」

「どうかな。息子とはまるで会えないし」

マジかよ？　青年は意外な顔を向けた。

「死刑囚はほとんど誰にも会えないんだ。ジャーナリスト連中は取材したくてうずうずしているんだろうが駄目だ。外国では違うらしいが」

「それは聞いたことあるよ」

「心情の安定という名目だ。弁護士などごく一部の者しか会うことはできない。被害者遺族や当時の担当判事が面会を申し込んでも断られた事例がある。だが彼らと会うことで死刑囚の思いが害されるとは思えない。ナンセンスだ。心情の安定なんて言い訳はな。死を受け入れ、一般人などよりずっと穏やかな死刑囚もいる。何を指して心情の安定というのかさっぱりわからん」

「詳しいな、おっさん」

「一応元弁護士なんだよ。若かりし頃、私は死刑制度に一石を投じるつもりで論文を書いたことがある。理不尽だとしてマスコミを通じ監獄法に異議を申し立てたこともある。日弁連も監獄法改正をずっと訴えている。最近は声がようやく届き、監獄法は若干改正されたけどな。とはいっても旧態依然とした体質は抜けない。死刑囚と会えるかどうかは拘置所所長の胸三寸だ」

「でもおっさん、あんたは死刑囚の実の父親だろ。実の父親でも会えないってのかよ」

姑息《こそく》にも力点をずらそうとしたが、青年は見逃してくれなかった。

仕方なく八木沼は素直に答える。

「実は息子とは絶縁状態だったんだ」

「喧嘩でもしたのか？」

「そういうわけでもないんだがな。近い人間、当然親なら会える。死刑囚が望めばな。私の場合、判決確定以前から大阪拘置所に何度も足を運んだんだが、一度も会えない」

「じゃあこの慎一って奴が拒んでいるのか」

その通りだ。慎一は自分になぜか会ってくれない。

「おっさん以外にも、誰とも会わねえのか」

「慎一は弁護士にはよく会っている。有名なジャーナリストに無実を訴えたいって言っているそうだ。まあ私に会っても、私は何もできないからな」

「何だ、随分勝手な奴だな。釈放されるために利用できる者としか会わないっていうのか」

「そう言われると返す言葉がない」

ため息混じりに八木沼は言った。青年は少し言葉が過ぎたと感じたのか苦笑いを浮かべた。

「だけどよ、こんなビラ配ってどうする気だ？　この真犯人なんて何の特徴もねえぞ。身長百七十センチくらいで顔もわからねえ。男だっていうだけじゃねえか」

「だから何でもいい。情報が欲しいんだ」

「わかるのは親しい奴の犯行って可能性が高いくらいじゃねえの。果物ナイフがなくなっていてりんごが剝《む》かれていたってことは、親しい間柄ってことだろ？　息子さんじゃなけりゃ真犯人は身近にいた者だ。計画的に殺すつもりなら自分で凶器は持ってくる。わざわざそこにあった果物ナイフを凶器として使うとは考えにくい。衝動的に殺したとしてもそいつは忍び込んだんじゃない。迎え入れられたんだ。夜九時すぎだろ？　だったらセールスのたぐいで訪問ってのもまずねえ。だから真犯人は親しい奴だ」

八木沼は青年の顔を見つめた。意外と鋭い。ただここまでは八木沼や弁護士も考えついた。何度も当時の慎一や被害者二人の交友関係を訊ねて回った。だがわからない。そこから先に進めない。そこからこそが問題なのだ。

「ちょっと興味が湧いてきたよ。また会えるか」

「私は毎月、さっきの所でビラを配っている。だからわかると思うが、一応名刺を渡しておくよ」

名刺を受け取ると、青年は怪訝《けげん》そうな顔を見せた。八木沼はああと言ってから言葉をつぐ。

「その人は息子の再審弁護人なんだ。何かあったらそこに連絡して欲しい」

「何であんたのところじゃないんだよ」

「私の家には電話がない」

マジで？　と青年は驚いた。本当だ。大家に取り次いでもらっている。

「携帯は？」

「あるわけないだろ。そういえばお前さん、名前は？」

「ん？　名前か……持田《もちだ》だけど」

青年は笑ってギターを担ぐと、八条口から出て行った。あまりにも弱い援軍とはいえ、持田との出会いは不思議と希望を感じさせる。いや、そう思いたかっただけか。

死刑囚が死刑を執行される平均年数は確定から七年から八年と言われている。まだ慎一は確定から四年であるが、昨今の流れからいつ執行されてもおかしくはない。決して猶予などないのだ。

八木沼はＪＲに乗り込もうとして今日は自転車で来たことを思い出す。寝屋川の自宅を引き払い、壬生《みぶ》にアパートを借りている。ボロアパートだ。家賃は安い。生活費は健康の維持を兼ねて新聞配達をしていてそれでこと足りる。たくわえもある。移ってきたのは慎一の事件で寝屋川に住みづらくなったのもあるが、京都市内で何とか事件の鍵《かぎ》を見つけたいと思ったからだ。

アバンティの駐輪場に向かうと、鍵を外しさっき持田に渡したのと同じ名刺を見つめた。

「一応連絡しておくか」

その名刺には弁護人の名前が印刷されている。

四条《しじょう》法律事務所弁護士石和洋次――そう刻まれていた。

2

壬生のボロアパートからは下を走る路面電車が見える。

夕映えを浴びながら黄金色に光った路面電車はまるで玩具《おもちゃ》だ。碁盤の目のような京都市内を斜めに切り裂き、走り去っていく。息子の冤《えん》罪《ざい》を晴らすことが全ての日々の中、この景色だけが心を癒《いや》してくれる。朝四時からの新聞配達に備え夜九時に寝る習慣が出来、好きなプロ野球観戦もしなくなった。いや、何をやっても楽しいとは感じない。阪《はん》神《しん》は開幕してから好調だが、勝とうが負けようがどうでもいいように なった。

八木沼が借りているアパートは家賃一万四千円。探した限りではこれが下限だ。四畳の部屋で水道、便所は共同。風呂《ふろ》などあるはずもない。借りているのは日雇い仕事をしている五十代の男性と年金生活の数名の老人。若い男は隣に住んでいる一人だけだが、彼もあまり帰ってこず、普段は物置として使っている。

部屋の隅には二つの写真がある。一つは若くして死んだ妻、咲枝《さきえ》の物だ。位牌《いはい》の横に飾られている。もう一つは父親に抱かれ、お下げ髪にリボンをつけた愛らしい十歳くらいの女の子の物。八木沼はしばらく祈ってから立ち上がった。

八木沼はアパートを出ると慎一が昔乗っていた自転車で四条烏丸《しじょうからすま》に向かった。四条法律事務所の石和弁護士に会う約束があるのだ。京都に引っ越す際に車は処分した。どうせ乗ることはないと思っていたが案の定、自転車でほとんどこと足りる。

四条烏丸は通勤時間帯でもあり相変わらず人通りが多い。こんな所に事務所を持てるのだから四条法律事務所はたいしたものなのだろう。

蛸薬師《たこやくし》というおかしな名前の通りから小道を入った所に、四条法律事務所はあった。ただあまり立派とはいえないたたずまいだった。

「お待たせしました」

四十代前半の男が椅子に腰掛けた。いかり肩。少年時代よく物を咀《そ》嚼《しゃく》していたのかあごがしっかりしている。太ってはいないが首が太く重戦車を思わせる体形だ。弁護士には見えない。ただ話し方は綺麗《きれい》な標準語を使う。二年前、慎一の弁護人を務めてくれていた渡辺道徳《わたなべみちのり》氏が脳溢血《のういっけつ》で倒れた。その後この石和洋次氏が弁護人を引き継いでいる。

「先日、慎一君に会ってきました」

石和は指を組みながら切り出した。石和はただの弁護士ではなく、慎一とわずかながら縁がある。事件の日、鴨川で慎一たちが歌うのを聴いていたらしい。その縁もあって自分から率先して弁護人になった。慎一が唯一の肉親である自分に会う気がない以上、彼に面会できるのはこの男だけだ。八木沼はどうでしたかと言いかけたが、その前にもう一度石和が口を開いた。

「慎一君は手記を発表したいと言っていました」

「手記……ですか。一体何の？」

「もちろん十五年前の事件についてです。自分が現場で見た全てをありのままに綴《つづ》ったと言っていました。それと死刑というものに対する自分の考えも述べたと。私は彼の書いた文章をもらっています。これを週刊誌に載せて欲しいと言っていました」

石和は茶封筒を八木沼に手渡した。重みはあまりない。死刑囚の手紙の発信には様々な制限がある。拘置所の検閲を受け、囚人番号の入った印を捺《お》される。確か枚数も七枚程度に制限されていたのではなかったか。八木沼は息子の書いた手記を見たかったが、どういうわけか取り出す気が起きなかった。

「読まれないんですか？　八木沼さん」

「今はちょっと……どんな感じなんでしょうか」

「正直なところ、事件に関してはこれまで慎一君が語ってくれたのをなぞっているだけです。目新しい内容ではありません」

「ではあまり意味はありませんね」

「いえ、注目されるという面からしますと意味はあります。必死で無罪を訴えている死刑囚に執行はし難《にく》いですから。それに慎一君の文章は凶悪なイメージの死刑囚の書いたものとは思えない内容です。自制が利いていますし、言い逃れをしているという感じもしません。客観的に自分の経験したことを書いていることが伝わってきます。訴える力があると思います」

八木沼は下を向いた。そうかもしれない。死刑執行を逃れるという一点に絞ればそうすることに効果はあるのかもしれない。かつて再審請求中は死刑執行できないという不文律があった。ただ再審請求を繰り返せば永遠に処刑できないということにもなり、この不文律は破られている。

確かに今も再審請求中は執行し難いというのは事実だ。だが再審請求が却下された時を狙われ執行されることがある。言わば再審請求が死刑執行の呼び水となる危険すらあるのだ。続けざまの再審請求と今回の手記の発表は違うが、その狙いとするところは同じだ。何が何でも執行を逃れるという一点なのだ。ずるい――そう思われても仕方ない。

そういえば先日、自分の目の前でビラを破り捨てた老人も同じようなことを言っていた。そして彼がとった行動はともかく言ったことはわかる。こんなものは根本的な解決にはならない。八木沼はそう言った。その言葉を石和は手で押し留《とど》める格好をする。

「勿論《もちろん》わかっています。それでもやらないよりはましでしょう？」

「慎一は判決確定からまだ四年です」

石和は首を横に振る。

「八木沼さんがそんなことを言われるとは思いませんでした。今のご時勢ではそういうのは通じないと思うべきです。死刑執行者の数が急激に増えていることは知っておられるでしょう?」

八木沼はええと言った。それまでに年に二、三人だったのに去年は九人。今年はここまで既に七人。二ヶ月に一回、一気に三、四人執行という考えられないハイペースになっている。

「何故こんなことになったんですかね」

「今の厳罰化の流れは異常です。決して凶悪犯罪が増えているわけではないのに体感不安をマスコミがあおる。そして大衆が消費する。結局は我々国民一人ひとりが被害者の心、加害者の心を矮小化《わいしょう》し、一つのコンテンツとして楽しんでしまっている。残虐な殺し方の考察、税金の無駄遣いの話、相手をやり込めたいがためだけの議論……掲示板などを見ると酷《ひど》いものです」

「要するに皆、死刑について真剣に考えていないってことですね」

「他人事《ひとごと》なんです。悲しいことですが」

八木沼は両手で顔をおおった。石和のいうことは正しいとわかっている。慎一の処刑を止められるなら悪魔に魂を売っても構わない。そう思いつつもおかしな正義感が邪魔をする。いやそれは正義感などではなく、ただのくだらない美意識かもしれない。こんなものはいらない――そう自分に言い聞かせる。

しばらくの沈黙の後、絞り出すように八木沼は訊《き》いた。

「再審請求は、まだ無理ですか」

軽く首を横に振った後、石和は小さな声で答える。

「したいですよね、すぐにでも。しかし新規の証拠と呼べるものは、まだ見つかっていません」


外は薄暗くなっていた。

四条法律事務所を後にした八木沼は、スーパーに入る。ビールと半額シールの貼られたばかりの惣菜《そうざい》を買い、家路についた。慎一の手記は有名週刊誌に送られる。石和はマスコミの姿勢を批判したが、結局利用する側に回っている。そして自分もまたそれを積極的には止めなかった。

京都に来て冤罪の新証拠を探し始めたはいいが、正直なところ手詰まりだ。どんなガセネタであっても信じたい――それが偽らざる心境だ。この手記が何らかの反応を引き起こすなら一縷《いちる》の望みにかけてみたい。そういう思いもある。

夕食を終え、八木沼はビールに手を伸ばすが、すぐに冷蔵庫の中へしまった。万年床になりかけの布団の上に寝そべって机の上を見つめる。そこにはこれまで自分や弁護士の調べた裁判資料が載っている。どれだけこれを見返し、どれだけこれまで人々に聞いて回っただろうか。本棚に目をやると慎一の小学校時代の似顔絵や日記帳がそこにはあった。時々眺めては涙ぐむが、今日はそんな気にはならない。

八木沼は立ち上がり白髪を撫《な》でた。そしてさっき渡された慎一の手記のコピーを手に取る。どんな内容が書かれているのか。不安が一杯だったが広げてみた。

『　国民の皆さんへ

私の名前は八木沼慎一、死刑囚です。

今から十五年前に沢井恵美《さわいめぐみ》さん、長尾靖之《ながおやすゆき》さんを殺害したとして逮捕され、四年前に最高裁判所で死刑判決を受けました。ここに手記を書き記しましたのは、私が経験したあの日の真実について皆さんに知っていただきたかったからです。

あの日、私は鴨川で合唱の指揮をしていました。あおぞら合唱団といい、これは京都の学生たちで作ったホームレスの方を支援するための集まりです。沢井さんも長尾さんもこの合唱団の一員です。このあおぞら合唱団は私たち三人が中心でした。私たちは合唱を終えた後、沢井さんの家に集まって話し合う約束をしていました。

その話の中身は、合唱だけでなく演劇もやろうというものでした。その劇の内容について話し合うために集まろうとしたのです。

私が沢井さんの家に着いたのは夜九時過ぎでした。扉を開けた瞬間強烈な血と汚物の臭いがし、長尾さんが廊下で苦悶《くもん》の表情を浮かべてこと切れていました。風呂《ふろ》場には沢井さんが倒れていました。すぐに死んでいることはわかりました。私はあまりのことに声が出ず、しばらくその場に立ち尽くしていました。やがて衣擦《きぬず》れの音が聞こえたと思うと、私は床に倒れていました。何者かに殴られたのです。おそらくその一撃で私を昏倒《こんとう》させようとしたのでしょうが、運よく私はその時少し横を向いたところでした。そのためまともに打撃を受けることはなかったのです。私は何が何だかわからぬままその人物を見つめました。

その人物は身長百七十センチくらいでしょうか。大柄でも小柄でもないように思いました。年齢はわかりません。彼はおかしな格好をしていました。スキー帽のようなものを目深にかぶり、顔が見えません。おそらく万が一私を気絶させられなかった時に備え顔を隠していたのでしょう。

その人物の服には血糊《ちのり》がべっとりと付いていました。私は一撃目の衝撃で倒れ、二撃目で気絶しました。

男が去り、気がつくと私は沢井さんと長尾さんの間に寝かされていました。これは現実なんだと思うと忘れていた頭の痛みがぶり返してきました。その痛みの中で私は警察と消防に連絡し、しばらくその場に佇《たたず》んでいました。ただその時、私は自分の服に付いた血を見て言いようのない恐怖にうちひしがれました。

そうです。私はこのままでは自分が犯人にされるのではという恐怖心に駆られたのです。この惨劇の中、情けないことですが私は我を忘れていました。冷静な判断が出来ず、こんなことをすれば自分の首を絞めるというのに逃げ出してしまったのです。沢井さんの妹さんとは玄関を出たところで鉢合わせしました。逃げなければという思いだけで、何処を走ったのかすらよく覚えていません。警察に捕まるまで五十分くらいでした。

これが私の経験した事件の全てです。

その後私は逮捕されました。あまりのことで自分の身に起こったことが信じられず、魂が抜けてしまった状態でした。自白したのもこの時です。ただよく言われる代用監獄での厳しい取調べというものはなかったと思います。夢うつつの状態という感じでした。

ですから弁護士の方に言われ、すぐ後悔して罪状認否でははっきり否認しました。その後最高裁判決まで十年以上かかりました。犯行の惨《むご》たらしさや、改悛《かいしゅん》の情が見うけられないとして死刑判決を受けました。ですが私はやっていないのです。沢井さん、長尾さんのご遺族には申し訳ありませんが、やっていないことについて反省などできません。

　動機は私が沢井さんと長尾さんの関係に嫉妬《しっと》したためといわれています。でもこれも事実ではありません。確かに私は沢井さんに好意を持っておりました。ですが嫉妬に駆られこんなことをするなど考えられないことです。

　判決が確定してから四年が経ちました。判決直後の私は半狂乱になっていました。何かの間違いだ。こんなことが赦《ゆる》されるはずはないとわめき散らしていました。刑務官の方や、定期的に来てくださる教誨《きょうかい》師《し》の方にもご迷惑をおかけしてきました。

　今、私は死を身近に感じております。明鏡止水という言葉を用いていいのでしょうか。ああ自分は死ぬんだという諦《あきら》めのような落ち着きがあります。拘置所内で知り合った同じ死刑囚の方がバタンコに送られるのを何度も見てきたからかもしれません。

最後に死刑制度について思うところを述べさせて頂きます。

死刑制度は必要であると考えます。

まさか自分が冤罪《えんざい》でこのような目にあうとは思いませんでしたが、私の思いは変わりません。確かに先ほども述べましたように判決確定後、私は半狂乱になりました。こんなことはあってはならないと思いました。しかし殺人事件の被害者の方は私と同じ無念のまま死んでいかれたのです。古臭いかもしれませんが、故意に人を殺した者は、その命をもって罪をあがなうべきだと私は考えています。私は冤罪の起こらないシステムの構築を望みます。ですが冤罪があるといってそれで死刑廃止の論拠とするのはおかしいのではないでしょうか。

ただ、処刑方法については現行の制度に疑問を感じます。

現在、死刑を執行する役割は刑務官の方がされています。このことに私は疑問を感じるのです。私は刑務官の方が可哀想などと言う気はありません。むしろこの死刑執行を国民の義務とすべきと考えているのです。具体的には死刑執行がボタンをネット上で国民全員が押すのです。それが無理なら、裁判員制度方式で抽籤《ちゆうせん》によって死刑執行人を有権者から選ぶべきです。

無茶な提案――そう考える方も多いでしょう。憲法に反するかもしれません。また現実的には不可能であると私も思います。それでも死刑を死刑囚に突きつけ、その利益を受ける以上、これくらいのことを国民が負うのは当然なのではないでしょうか？　死刑囚だからといって人を殺すことには変わりないのです。これは私が子供の頃から考えていたことです。何故こんな当たり前のことがなされないのか不思議で仕方ありませんでした。

よく死刑は報復の連鎖を防ぐために国家が代わって執行するといいますがこれは間違いです。民主主義国家において国家とは国民です。死刑は国民が国民を殺すのです。正当防衛のような殺さなければ殺されるという状況でないのに殺すのです。どう美化しようとただの殺人です。

それを認めた上で死刑囚の死を意味あるものにするためには国民がその殺人行為を自分たちのものとして受け入れるべきなのです。お上《かみ》がやってくれるというような感覚は捨てるべきでしょう。さっき述べた国の代理執行という思考はお上の権威にすがった考えにしか見えません。死刑は必要です。ですが死刑でもって私を殺すならそれは深い思慮に基づいた止むを得ない判断として、皆さん国民一人ひとりの責任で行って欲しいのです。

死刑について色々な意見があることは知っています。私も自分の意見が絶対とは思いません。ただはっきり言えることがあります。それは死刑というものについてもっと国民は考えるべきであって、その責任を自ら負うべきだということです。大袈裟《おおげさ》かもしれませんが、そうして国民一人ひとりが自分で考えることで民主主義国家としてより一歩先に進めるのではないでしょうか。

そしてもう一つ確信を持って言えることがあります。それは言うまでもなく十五年前、私は沢井恵美さん、長尾靖之さんを絶対に殺していないということです。

平成二十年四月　大阪拘置所にて　　　　八木沼慎一』

3

久しぶりの舞台は少し照れくさかった。

台詞《せりふ》はほとんどないとはいえ、端役とはいえない。この舞台におけるヒロイン的役割が与えられている。京都ノートルダム女子大時代から重要な役には慣れているが、問題はその設定年齢である。演じるのは穢《けが》れを知らぬ十六歳の少女。だが今、自分はすでに二十八歳なのだ。

沢井菜摘《なつみ》は手鏡を置いた。出番までにはもうしばらく間がある。舞台が一瞬で切り替わるのを見つめながら、最近の技術に感心した。さっきまで老人を演じていた青年はかつらを取ると急に若返り、菜摘の横で白い歯を見せている。一度髪を触ってから、菜摘は舞台に視線を向ける。

「三日で帰ってくるだと？　馬鹿な、とんでもない嘘を言う」

「私は約束を守ります。妹が私の帰りを待っているのです」

「逃がした小鳥が戻ってくるというのか」

「信じられないなら我が無二の友人セリヌンティウスを残していきます。私が戻らなければ彼を絞め殺せばいい」

「ははは！　面白いことを言うやつだ」

「ディオニス、あなたは人というものを軽く見すぎている。必ず三日後までに戻ります」

「メロスよ、少しだけ遅れて来い。さすればお前の罪は永遠に赦してやる」

舞台の中央で無言の火花が散った。

ただディオニス役の声が軽い。もっとどすのきいた低い声を出せないのか、あれでは単につぶした声ではないかと菜摘は思った。掛け合いのテンポも悪い。

上京区《かみぎょう》にある京都こども文化会館では演劇が催されていた。観客はまばらだ。見知った顔を除くと、何人いるかあっさりと数えられそうなので数えない。演目は『走れメロス』。京都の大学生やその卒業生たちが中心になって行われている。『走れメロス』は太宰治《だざいおさむ》がシラーの詩などを元に創作した短編小説だ。知らない人は少ないだろう。

邪智暴虐の王ディオニスに義憤の刃《やいば》を向け、処刑されることになったメロス。彼は妹の結婚式のため、親友セリヌンティウスをディオニスの元に残し村へ帰る。ディオニスは少しだけ遅れて来い、そうすればお前は放免してやるとささやく。だがその誘惑を断ち切り三日後約束どおりにメロスは帰って来る。友情と信頼の美しさを描いた物語だ。

パロディ作品も多い。これだけ有名で真面目な作品だとどうしても汚したくなるのだろう。ただ今回の舞台はパロディではない。多少のアレンジはあるが無骨に『走れメロス』の世界観を表現している。

メロスが村に帰ると菜摘の出番が来た。兄の様子がおかしいことに気づき、それでも気づかぬ振りをしてメロスの負担にならないよう振る舞うけなげな少女。それが自分に与えられた役割だ。この部分は太宰の作品中にはない。より物語の深みを出そうと、菜摘が言って台本の一部を変えさせたものだった。緊張はない。しっかり声も出ている。無理に少女の声を作る必要はなく、地声に少しスパイスをかければ充分だ。やがてメロスはシラクスの街に着き、セリヌンティウスが処刑される寸前で間に合った。二人の友情に暴君ディオニスもうたれ、みずからの過ちを悔いた。菜摘は年齢不詳の別の少女になっていた。市民の中から歓声が起こる。菜摘は緋《ひ》のマントをメロスにかかげる。赤面する勇者と王をたたえる歌の中で舞台は幕を閉じた。

出演者の青年たちはなぜか興奮状態でハイタッチをしていた。皆充実感と笑顔で満ちている。菜摘は全体としてそれほど素晴らしい舞台だったとは思えない。

「沢井さん、さすがですね。ティーンエイジャーにしか見えませんでしたよ」

メロス役の青年が笑った。それからしばらくみんなで楽しくしゃべった。菜摘も楽しい反省会で気分が良かった。話し終わる頃に菜摘は立ちあがり、楽屋の扉に手をかけた。

「じゃあ、おつかれさま」

またお願いしますという声を後ろに聞きながら菜摘は文化会館の外に出る。だがさすがに次は少女役はないだろう。三十路《みそじ》も近いのだから。自分には格好のいいお姉さん役は似合わない。次に舞台に出るなら背の曲がったお婆さん役だろうか。

楽屋を出ると、声がかかった。

「沢井菜摘さんですよね」

声をかけてきた二人はぱっと見た感じ、女子大生風だった。菜摘はそうですけど、と自分の後輩かもしれない女性たちにやさしく応じた。差し出されたパンフレットを思わず受け取る。教会で死刑についての講演が催されるという案内だった。

「実は私たち、大学で死刑制度論の研究をしていまして……ああ、もちろん演劇も大好きです。沢井さん、とっても可愛かった」

菜摘はありがとうと応じた。女子大生は続けて言う。

「でも今は十五年前の事件の被害者遺族であられる、沢井さんにお訊《き》きしたいことがあるんです。あれから十五年経っていますが、加害者八木沼慎一についての思いは変化しましたか」

菜摘は嫌な顔をしたいのを抑えつつ答えた。

「変わってません。お姉ちゃんをあんな目にあわせたんやよって死刑は当然のことやない？」

「死刑制度は今暴走しています。それなのにその異常性が言われることはない。下らない法務大臣批判はもうけっこうです。あなたのような方に協力していただけると助かるのですが」

耐えかねて菜摘は少し嫌な顔をした。

「本当は六ヶ月以内に処刑されやなあかんのに、検察も大臣も今までさぼり続けてきただけとちゃうん？　何年もただ飯食らわせとくなんて税金の無駄やし」

菜摘の言葉に彼女たちは興奮気味に返す。

「六ヶ月以内に処刑なんて規定は無意味です！　こんな規定は削除すべきなんです。だいたいそんなに早く処刑されたら再審制度の意味がありません！　それに死刑囚も色々な事情があってそうなってしまったんです。国家による人殺しなんて赦《ゆる》せません。世界はこの時代錯誤の制度廃止の方向で進んでいるのに、日本だけが逆行しています」

隣の女子大生も言う。

「もしアメリカが完全に死刑廃止になったら、日本もきっと廃止せざるを得ないでしょう。死刑存置論なんてそんな脆弱《ぜいじゃく》なものなんです。

お願いします、沢井さん！　こういう流れを変えられるのは被害者遺族たるあなた方なんです。どうかご協力ください！」

二人はぺこりと頭を下げた。菜摘はわざとらしく息を吐き出す。彼女たちなりに真剣にやっているのだろうが、あまりにも軽い。私が、殺された者がどんな気持ちでいるのかが彼女たちにはまるで見えていない。都合のいいところだけを取り上げて自分たちの論理にしてしまっている。どうせ一時的な陶酔、達成感でやっているのだ。心中が見え見えで菜摘は不快に思った。

「考えてみてください、もし殺した犯人があなたの愛する人なら沢井さんはここまで犯人を憎まれたでしょうか？　人間は自分の愛するものには寛容なのに他者にはすごく厳しい。自分の愛する者と同じように他人にも接しないといけないんです。同じ行為を働いているのに他人なら死刑を求め、身内なら求めないっておかしいじゃないですか！」

「お説教をしてくれはるわけや、未熟な私にあんたらが」

皮肉を込めて言った。

「お姉さんを殺されて苦しみがあるのはわかります。でも苦しいことと、それを加害者にぶつけることは違うと思います。そんなことをしても沢井さんが苦しくなるだけ。八木沼慎一が処刑されたところできっと楽にはなりません。どうかご協力ください！」

二人は何度も頭を下げた。だが菜摘に彼女たちの思いは届かない。

死刑廃止という彼女たちの正義のため、自分たちの思い、姉の無念が置き去りにされているとしか思えない。

「あんたら、物語に酔っとるんちゃうん？」

「物語……ですか」

「そう、今日の舞台なんかよりずっと美しい物語。被害者と加害者がわかりあい、赦すっていう癒《いや》しの物語や。映画館で買える安もんとは一味違うキラキラしたユートピアを求めとるんとちゃう？　まあ、そんなもんも結局パッチもんや」

「そんなつもりはありません！　人の命は掛け替えのない重いものなんです」

「人の命の重さ言うんなら、私のお姉ちゃんの命はどうでもええっちゅうの？　それやったら殺したもん勝ちやん。ふざけんといて！

お姉ちゃんまだ十九歳やったんやで！」

「どんな悪人でも殺さなくていい人を殺しちゃいけません！」

あんたらに私の気持ちなんてわからへんやろと叫びたかった。彼女たちに乗せられて感情を昂《たか》ぶらせたのが悔しかった。だがあと少しのところでなんとか抑えた。菜摘は無言で京都こども文化会館の駐車場に向かい、助手席に乗り込んだ。

菜摘は京都で生まれ京都で育った。

だがそれは十三歳までだ。夫と早くに死に別れた母は女手一つで姉と私を育ててくれた。だが癌に冒され、まだ若かったためか進行が早く帰らぬ人となった。そのため姉は大学をやめ当時まだ中学生だった自分の母親代わりになってくれていた。

そんな姉も十五年前に死んだ。殺されたのだ。姉の友人の八木沼慎一という男に。後に菜摘は茨木《いばらき》の伯父《おじ》の所に引き取られ、大学院まで通わせてもらい臨床心理士の資格をとった。だが臨床心理士は国家資格ではない。日本臨床心理士資格認定協会というところが認定する民間資格に過ぎない。それ故資格を取ったからと言ってすぐに就職できるわけではない。コネの要素も強いのだ。菜摘は運よく犯罪被害者支援センターに就職口が見つかり去年からここ京都で働いている。姉の死という乗り越えがたい壁があって、それを乗り越えるためにこの職業を選んだ。どこまでやれているかは未知数だが、被害者遺族にだけわかる思いがあるのではないかと考えている。

「気にせん方がええですよ」

運転席の男は長尾孝之《たかゆき》。宇治《うじ》市で半導体関係の仕事をしている。十五年前に姉恵美と共に殺された長尾靖之の弟だ。年は菜摘より三つ上。事件の後、家族ぐるみの付き合いをしている。この日は菜摘の劇を見に来てくれていた。

今週発売された週刊誌に八木沼慎一の手記が紹介されていた。それは自らの罪を完全否定する内容だった。それだけでなく、独自の死刑制度についての考えを記し、何者にも負けない強固な意志すら感じさせる。こんな物を載せた週刊誌や八木沼慎一への批判も多かったが、もしかすると本当に冤罪《えんざい》なのではないのかという声もあったという。

「あれ読んだら、冤罪だと信じる人もおるでしょうね」

洟《はな》をすすりながら長尾が言った。菜摘は少し間を置いてから答える。

「死刑囚の冤罪を晴らすいうんは、エンターテイメントの一つの典型ですしね。冤罪物のお芝居では私たち遺族はたいてい無視されるか如何《いか》にも被害者にも配慮しとるんやで――みたいにちょこっと出てくるだけ。下手すると悪役にされますから」

傍観者なんですわ。結局みんな――そう長尾は言った。

「それにしても彼の文章は強烈な主張を感じますよね。特に死刑は必要だと言いながら、自分はやってへんって言うとるところに」

「殺せるもんなら殺してみいって、叫んどるみたいです」

菜摘はため息をつく。長尾は続けて言った。

「注目を集めることで死刑を回避する狙いだけやのうて、あいつは僕らに嫌がらせしとるつもりなんですよ。イタチの最後っ屁《ぺ》、最後の抵抗とでも言えばええんかな。もし自分が処刑されてしもても、これだけ無罪を主張すれば遺族に嫌な感情が残りますから」

きっと長尾の言うとおりなのだろう――菜摘はそう思った。さっき劇を見に来た女子大生のことを話す。長尾は呆《あき》れながら言った。そりゃ酷《ひど》いと。

「たぶん死刑をなくせって言うとる連中は結局痛みがわからんのや思います。連中はへんてこな正義感、使命感に燃えとるわけですが、なくしてどうなるかさっぱりわからへんです。どう考えても死刑をなくしたところで犯罪が減るわけやないのに」

「自己満足の世界ですよね」

「今の社会、今まで自分が生きてきた環境に連中は不満があるんですよ。そやから死刑囚に自分を重ねる。被害者の復讐《ふくしゆう》心と加害者の社会への不満を一緒くたにする。この人もホンマは苦しんできた、虐げられてきたってね。成功者への嫉妬《しっと》みたいな、いやらしいツタがぐるぐると巻きついとるんです。死刑廃止の根本はそういうネガティブな感情からきとる思います」

それはちょっと……菜摘が言うと長尾は笑った。

「言いすぎました。実は殺されたうちの兄貴は、死刑制度には反対やったんです」

車はやがて堀川通と今出川通が交わる所へ来た。白峯《しらみね》神宮という神社の東側には細い道がある。ここは油小路通といい、京都駅方面では太い通りだがここでは一方通行になるほど狭い。ここからすぐ近くに自宅はある。長尾は車を寄せる。菜摘は助手席から出ると、ありがとうと言う。去っていく車に手を振った。

家の前には電柱がある。家庭教師募集の広告がいまだにかけられている。記憶というものは理不尽なもので、楽しい思い出より、こんな辛《つら》い思い出の方が鮮明だ。あの日のことは忘れようもない。覚えている。この電柱にすがりつくように当時十三歳だった自分は泣いた。精神が崩壊するのを押し留《とど》めようと必死で涙と嗚咽《おえつ》にすがった。

菜摘は玄関の前に立つ。あの日八木沼慎一はこの玄関から放心状態で飛び出してきた。服は血まみれだった。こちらに気づくと目を見開き、油小路を今出川通の方へ転げるように走り去っていった。時間にして十数秒。たったそれだけの記憶は今も鮮明に残っていて消えない。

玄関を開ける。廊下の奥に浴室前の姿見がかすかに光を放った。あの日家の中を支配していたのは赤という色だった。暴走族の落書きのような馬鹿馬鹿しいほどの赤がこの家の主だった。廊下を這《は》うその赤を見たとき、菜摘は目の前が暗くなった。廊下では長尾靖之が倒れていた。彼の遺体は背中から大量出血し、内臓が飛び出していた。苦しみのあまり壁を血まみれの爪で引っ搔《か》いていた。眼球が苦痛と絶望のあまりに自分の体を抜け出したがっているようだった。

台所の奥にある風呂《ふろ》場のドアは開け放たれており、中には姉恵美の遺体があった。引きずったような血の痕《あと》が続いていた。長尾の遺体とは異なり、姉は裸にされ服は下着まで持ち去られていた。後で聞いた話だが長尾の傷は一箇所だけ。一方、姉は何度も刺されていたという。

殺された二人は八木沼慎一とともに『あおぞら合唱団』で活動していた。この合唱団はホームレス支援のためのもの。固定メンバーは三人だけで、あとは適当に鴨川にいた学生やホームレスと歌う――それだけの団体だった。姉は今後、演劇もやりたいと言っていて、あの日も『走れメロス』の台本が置かれていたのを覚えている。ただどういうわけか事件後には消えていた。

当時家を取り壊すという話もあったが、血糊《ちのり》の付いた壁やタイルなどが取り替えられるだけで残された。それにしても何が憎くてここまでするのか。人間というものはどこまで悪に身を委《ゆだ》ねられるのか。あの日の記憶は痛みを伴って今も菜摘を苦しませ続けている。

菜摘は浴室の前にある大きな姿身を見つめ続けた。当時から気味が悪かったが、本当に惨劇をこの鏡が映し出すことになるとは思わなかった。菜摘は何かに駆り立てられるように服を脱ぎ、下着も放り投げて生まれたままの姿を鏡に映す。

痩《や》せた体がそこに映し出されている。菜摘は腰に手をあてがいながら自分の体を眺めていた。先が縮れ長く伸びた黒髪。細身の割に重力に抗《あらが》い、つんと上を向いた白い乳房。背が高くないのでスタイルがいいとまでは言えないが、こういう体に魅せられる男が多いことも知っている。自分でもこの体が嫌いではない。

菜摘は右手でピストルの形を作ると、それを鏡の中に自分の裸体に向けた。目をつむると浮かんできたのは中学時代、家庭教師をしていた頃の八木沼慎一の笑顔だった。八木沼は教えるのがうまかった。いつも人の言わないような冗談を飛ばし、一緒にいる時間がすごく貴重なものに思えた。それなのにあの男は姉を殺した——おかしな涙がこぼれてくる。自分は今、何に涙しているのだろう？　だがその涙を拭《ぬぐ》う気持ちはない。菜摘は右手のピストルの引き金を引く。透明な弾丸が鏡に映った自分の裸体を撃ち抜いていた。

日曜日、菜摘は自転車にまたがっていた。車はない。免許は持っているがペーパードライバーだ。職場は帷子《かたびら》ノ辻《つじ》駅近くにあり、自転車で行けるし不自由さは感じない。健康にもいいはず……まあ本当は自分で運転するのが怖いだけだが。

目的地は大将軍にある教会だ。私もお人よしやなと心の中でつぶやいた。パンフレットに書かれた教会に向かっている。先日女子大生たちに渡された死刑に関する集いの案内だ。別に彼女たちに共感したつもりはない。冷やかしというやつだろう。

日がかげってきた今出川通を北野白梅町《きたのはくばいちょう》の方へ進む。京福《けいふく》北野線の始発駅が遠目に見えてきた。沈み行く夕陽を背に北野天満宮前の参拝客相手の店が今日の商売を終えようとしている。それを横目に西陣《にしじん》警察署横の細い道を南へ下った。ラブホテルの裏手に小さな教会がある。造りは日本の家の趣であるし、小さいのでとても教会には見えない。よほど注意しないと切り妻屋根の下、小さな青銅の十字架が掲げられているのには気づかないだろう。

教会には誰もいないようだった。時間が遅かったので講演も終わってしまったようだ。人の気配がない。ただ入口の鍵《かぎ》は外れていた。菜摘は中へ入る。意外と広く、古い長椅子がいくつか置かれている。正面奥にはキリスト像があり、右端にはこんな小さな教会には似つかわしくないパイプオルガンが睨《にら》みをきかせていた。菜摘は正面のキリスト像の前に立つと目を閉じ、静かに十字を切る。思いを整理し終えると、菜摘は立ち上がる。パイプオルガンの前まで歩いた。

――ちょっとだけなら、いいよね。

昔とった杵柄《きねづか》とまではいかないが小学校の時は姉とピアノ教室へ通っていた。不意に演奏したい衝動が起こってきて菜摘はオルガンの椅子に腰をかける。弾いた曲はフォーレのレクイエムだ。背伸びしたくて挑戦したことを覚えている。姉は菜摘にはまだ早いやろと言いつつ、手取り足取りで教えてくれた。少しだけ胸が熱くなる。他にも好きな曲は色々とあったが、教会の雰囲気に合いそうな曲を選んだ。ところどころ間違えた。久しぶりだったからということにしておこう。構わず覚えている限り弾いてみる。古いパイプオルガンの調べは軽い陶酔を与えてくれた。

「若いお嬢さんが弾かれるのはいいですね」

演奏が終わるのを待っていたのか、後ろから声がした。振り返ると老人が立っている。肌が浅黒い。着ている服も貧しく日雇い労働者のような風体だった。

「すいません、勝手に。あなたは?」

「この教会の牧師、佐々木和幸《ささきかずゆき》といいます」

「牧師様……ですか。もうお話は終わらはったんですか」

「ええ、思ったより若い方が多く、驚いています」

牧師は丁寧な口調だった。見た目は酒飲みの好々爺《こうこうや》といった趣だが、しゃべり方には宗教者独特の気高さを感じる。

「あなたも死刑というものに疑問をお持ちなんですか」

「いいえ、死刑制度は必要や思とります。私は今、世間を騒がせとる死刑囚、八木沼慎一に姉を殺された者です。沢井菜摘いう名前です」

不意打ち的な告白に牧師はさすがに驚きを隠せない。

「……事情がおありとは思いましたが」

菜摘は打ち明けてしまったことに自分自身も驚いた。だがそれを隠すように言葉を発する。

「私には信仰心はないんです。自分に都合のいいときだけ神に祈ったりしますが」

「困った時の神頼みでいいんですよ。人は痛みがわからなければ相手を思いやることはできません。苦しんでいるわけでないのに信仰心だけあるという方がおかしいんです。日本では毎年何万人もの自殺者が出ます。苦しみをうまく整理できずに攻撃に変えてしまった悲劇も多いです。本当に苦しんでいる人のために役割を果たせなくては宗教の意味がありません」

その言葉には牧師のやり場のない無力感が滲《にじ》み出ていた。ただどうしても抵抗のある言葉だ。被害者の苦しみと加害者の苦しみを同列に扱われてはかなわない。

「牧師様は、死刑制度についてどう思われますか」

「私は更生の余地のない人間などいないと思っています」

「拘置所で死刑囚の教誨師《きょうかいし》でもしてはったんですか」

「いいえ……知人はいますが」

「そやったら何故そんなことを？」

牧師は黙った。言いたいことがありそうなのはひしと伝わってくる。

教誨師については八木沼慎一が例の手記で書いていた。菜摘は思う。

死刑囚には教誨師がついて心やすらかに死ねるのに、遺族は苦しみに悶《もだ》えながら死ななければいけない――おかしな話だ。

「凶悪犯罪の被害者にとって、加害者の更生なんてどうでもええことです。贖罪《しょくざい》とかいう甘い言葉がありますがそんなもんは幻想でしかありません。贖罪いうものがありうるなら、死んだ人間を生き返らせることだけや思います。ちゃいますか」

やや感情的になった菜摘の問いに、牧師は問いでもって答えた。

「加害者の更生が、多少なりともあなたの心を安んずる手助けにはなりませんか」

「なりません。あれから十五年近く経つんです。それでも苦しみは消えへんです。姉のこと思うといつでも涙が流れてとまらへん。修復的司法いうんですか。最近被害者と加害者が対話して解決する方法が言われとりますがあんなもんは無意味です。幸せになることが罪悪感みたいに襲い掛かってくるんです。この苦しみは消えへん。どうせ一生……しかもあの八木沼慎一はこの期に及んであんなこと言うんですよ」

「では沢井さんは彼が死刑に処されたら、その痛みは消えると？」

「そうは言わへんです。消えへんと思います。でも少しは楽になるかもって思うからです。心にざっくり空いた深いクレバスも、ちょっとくらいやったら埋めたてられるかもしれないって……」

姉のため――その言葉は飲み込んだ。何となく偽善的な思いがして。あるのは不平等への怒りだ。人を死に追いやっておいて加害者だけが生きている。さも罪を贖《あがな》うような振りをして。そんなことは赦《ゆる》せない。だがそれは死んだ姉の怒りでなく自分の怒り、苦しみだ。姉のためと言いつつ、姉のせいにしてしまってはいけない。

「埋まるのは、死刑制度が掘った穴だけですよ」

悲しげな表情で牧師はつぶやいた。意味が全て飲み込めたわけではない。だがその言葉はこの日牧師が聞かせてくれたどの言葉より力があった。牧師はなおも言う。

「被害者にとって加害者は、道端に落ちた一切れの泥まみれのパンのようなものです」

「どういう意味ですか」

反射的に菜摘は訊《き》いた。聞いたことのない言葉だ。ただ綺麗《きれい》過ぎる気がする。牧師は一度下を向いてから顔を上げる。穏やかな表情をしていた。

「普通、我々は道端に落ちた汚いパンを食べようとは思いません。ですが飢餓の場合ならどうでしょう？　それしかなければ食べるしかない。大切な人を失った時、我々はそういう状況に置かれます。これが病気や自然災害なら泥まみれのパンすらない。ですが犯罪は違う。怒り苦しみをぶつけられる相手がいる。本当は誰もそんなことはしたくないのに苦しみをぶつけられる相手がいてしまうんです。それが泥まみれのパン……必然がっつくことになる。本当は被害者の方ももっとおいしいものを食べたいはずなんです。それにそんなパン一切れでは餓死してしまう」

本質的な解決にはならないということか——だが自分は遺族会に出席して、実際に加害者が処刑された人から聞いたことがある。少しは楽になったと。そう菜摘は言った。

佐々木は少し考えてから応《こた》えた。

「楽になった部分こそが死刑制度が作ったものなのです。義務感があなたの中にあるのではないですか。お姉さんを殺した人間を極刑にしなければいけないという。それはやさしさの裏返し。死刑というものが存在しなければ、そういう発想にはなっていないのではないでしょうか。目の前に包丁があり、同じく目の前に加害者がいれば刺し殺したいでしょう。でもそれとは次元が違うのです。報復感情と一言で言いますが、苦しみが直接的な復讐《ふくしゅう》行為として加害者にナイフを突き立てるまでには距離がある。苦しみは甘えを生みます。それに負けてはいけません」

菜摘はわざとらしくため息をつく。甘えという挑発的な言葉をあえて使ったことに意味があるのだろうか。この牧師がこれまでどういう人生を送り、どれだけの人々の苦しみに触れてきたのかは知らない。被害者の思いがあなたにわかるんですか。そう詰め寄りたい思いもあった。が、人生の先輩として、耳を傾ける価値はあると思い自制した。

「苦しい時、物に当ったり、誰かを責めたりすることは自然です。それ自体醜いことではありません。しかしそれは結局何処まで行っても発散行為。それ以上では決してない。復讐の肯定や死刑は苦しみの虚《むな》しい発散行為を、制度として援助してしまっているだけ。そんな気がします」

「どんな悪人でも殺してはいけないと？」

「私はそう考えます」

牧師は申し訳なさそうな、それでいながら強固な意志で固められたような表情でこちらを見ている。しばらくしてから言った。

「沢井さん、あなたは十五年経っても痛みはまるで消えないとおっしゃいました。ですが本当に何も変わっておられないのでしょうか」

菜摘はええと即答しようとしたが、一歩引いて少し考える。どうなのだろう。今も痛みが残り、それがちょっとしたことで精神を支配していくのは事実だ。特に八木沼慎一が挑発するようなことをした今は心が乱れている。だが当時から比べれば少しは変わったのかもしれない。鮮明に残っている姉の顔は遺影やアルバムの記憶だけ。日常の姉の記憶はぼんやりしたものになっている気がする。少し後ろめたい。それを正直に語った。

「あなたは強い人です」

噛《か》み締めるように言った牧師の言葉に反論はあった。だがそれを言い出す気は菜摘にはなかった。少なくとも彼は安っぽい陶酔で動いてはいない。神のせいにすることなく自分で考えている。そのことには納得がいった。菜摘は立ち上がってから言う。またお話を聞かせてくださいと。


家に帰ると留守番電話が点滅していた。

メッセージが四件入っている。だが全て空だった。シャワーを浴び、菜摘はパジャマ姿で自室の椅子に腰掛ける。パソコンを立ち上げ、カロリーゼロのコーラを一口飲んだ。

開いたサイトではインターネット署名が呼びかけられていた。内容は法律の厳罰化、あと犯罪被害者の訴訟参加を求めるものだ。今までは裁判において被害者はないがしろにされてきており、犯罪被害者等給付金も雀の涙ほどだったこと、逆に加害者の人権が過度に守られてきてそのために過剰な税金が投入されていることなどが書かれている。永山基準や過熱報道された光市《ひかりし》事件などにも触れられ、人一人殺せば極刑にすべきという主張がなされている。

このサイトを作っているのは残虐な事件で愛する人を殺された被害者遺族の人々だ。被害者が一人だけだったために死刑が言い渡されなかった人と、まだ判決は確定していないが無期懲役以下の判決が濃厚な遺族ばかりだった。その無念が綴《つづ》られている。

菜摘は頬杖《ほおづえ》をつきながらその痛切な叫びに共感する。ただ自分は彼らとは立場が違う。加害者の八木沼慎一には応報の刃《やいば》がこれ以上ないほどに深く刺さっている。処罰感情という意味では満たされているのだ。さっき大将軍の教会で牧師は死刑で埋まる穴は死刑制度が掘った分だけと言っていた。そうなのだろうか。彼はこういう声にどれだけ向き合っているのだろうか。

署名はすぐだった。簡単な記述、マウスの操作でこと足りた。菜摘は確認のメッセージを見ながら最後の操作をする。あと左クリック一つで署名完了というところまできた。だがそこで手が止まる。この人差し指にわずかな力を込めるだけで自分の意思が署名として送られる。それはある種の力となって被告人の誰かに死を突きつけるのかもしれない。菜摘はためらいを感じた。そのためらいはどこから来たのだろう？　週刊誌上で八木沼慎一は自分を殺すなら国民全てで殺せと言っていた。そのことが頭にあったのだろうか。

その時電話が鳴った。携帯ではなく固定電話の方だ。長尾からだろうか。いや彼はまず携帯にかけてくる。菜摘は部屋を出て廊下に進み、受話器を取り上げた。

「はい、沢井ですが」

電話の主は無言だった。菜摘も何も言わない。

十五秒ほどが経った。もしもしと呼びかけてみるが反応はない。

「切りますよ」

穏やかに言って菜摘は受話器を置いた。だが部屋に戻る前、すぐに再び電話は鳴る。鼻から息を吐き出し、菜摘はゆっくりと電話の前に歩くと六度目のコールで受話器をとった。

はい……それだけを言った。電話の主はまたも無言だ。菜摘はため息をつく。いたずら電話だ。この番号は電話帳に掲載してしまった。そのことを悔いた。あまり相手を刺激しないように何も言わずに切ろうとした。だがその時声が聞こえた。蚊の鳴くような小さな声。あるいは泣いているのか――一瞬被害者支援センターの相談者かとも思ったが、仕事用携帯の番号を教えてあるのだからそれも考えづらい。

「どちらさんですか」

やさしく訊いてみる。

「沢井菜摘さんですか」

こもった男性の声だった。かろうじて何と言っているのかわかる程度の声量。多少しわがれている。

「そうです。どちら様ですか」

「綺麗になられましたね。お姉さんによく似ていらっしゃる」

思いもかけぬその一言に菜摘は驚く。ただその声は不思議と落ち着いていて包容力さえ感じさせるものに思えた。菜摘は何も言えずにただ受話器を強く握り締めていた。

「あなたには謝らなければいけないと、ずっと思ってきました」

「どういう……意味ですか」

「本当に申し訳ありませんでした」

「意味がわかりません。いきなり謝られても困ります」

それもそうですね——ため息をついたのは受話器の向こうの声の方だ。相変わらず小声ではあるがやけに丁寧な口調。慇懃《いんぎん》無礼ともとれるような話し方だった。

「あなたは誰なんですか？　まずそれから話してください」

「すいません。それはまだご容赦願います」

「謝罪されるのに誰かわからへんなんておかしいんちゃいますか。それにまだってどういう意味ですか」

「おわかりになりませんか」

「わかるわけがないでしょう？　切りますよ」

そう言ったが、菜摘には受話器を置く意志はなかった。いつの間にかこの受話器の向こうの声にひきつけられている。見えない膜があるように受話器を置けなかった。

「私は逃げた小鳥です」

「え……」

「戻ってきたんですよ。逃げた小鳥が」

菜摘は黙った。そのフレーズはどこかで聞いた。それも最近。少し考えて思い出す。メロスが妹の結婚式に出るため村に戻る際、暴君ディオニスは言った。逃がした小鳥が戻ってくるはずがないと。そのことを言っているのだ。菜摘は再び口を閉ざした。

「長かったです。十五年間」

「どういう……意味？」

「本当は薄々わかっておられるんでしょう？」

まったくわからない——強がって言うと、男はそれに応じた。

「わかりませんか。私は十五年前、雨の降りしきる中で赦《ゆる》されざる犯罪を行ったのです。この手を真っ赤な血に染めました。あなたのお姉さんの血です」

声が出なかった。度を越えたいたずらだとは思う。こんなことを信じろというのか？　タイミングもよすぎる。八木沼慎一の手記が発表されたばかりだ。ただこの落ち着きは不気味だった。腹立ちとともに何故ここまでするのだという恐怖もあった。

「いい加減にして！」

「声は威勢がいいですが、内心は違いますね。わかりますよ。あなたの演技力はそんなものじゃないでしょう」

「こんないたずらがどれだけ人を苦しめるかあなたは……」

「わかっています。ですがいたずらではありません。八木沼慎一は冤《えん》罪《ざい》です。私にはそれを証明する力があります」

「何言うとるん、ふざけんといて！」

「現場からはある物がなくなっていたでしょう？」

その言葉に菜摘ははっとした。

数秒後その驚きは寒気に変わる。確かに現場からなくなっていたものが一つあった。後から気づいて警察に話したものの、聞き流されてしまった。犯人が捕まった以上、警察が取り上げるはずもない。芝居の台本が一つ、現場から消えたことなど――だが適当なことを言っているのかもしれない。雨の日に長靴を履こうとして、中に入っていたカエルを踏み潰《つぶ》したような気色の悪さだった。

「そして証拠はこれだけじゃない。もっと決定的な……」

「そんなの嘘や！　何がなくなっていた言うん？　本当やったらわかるやろ！」

「ええ、もちろんわかりますよ」

男は間をあける。わかるはずはない。あのことを知っているのは自分だけのはずだ。あえて言うなら後は警察くらいか……焦《じ》らすような間合いに菜摘は電話のコードを強く摑《つか》む。先に口を開こうとしたその時、男は口を開いた。

「『走れメロス』の台本ですよね……慎一君が書いた」

# 第二章　拘置所の人質

## 1

明け方の西大路《にしおおじ》通は騒がしかった。

結婚式場の前で数人の若者がブレイクダンスを踊っている。これはいつものことだが、それだけではない。集会が長引いたのか暴走族が走り回っている。八木沼は御池《おいけ》通から細い道を南に入り、公団住宅に新聞を配りに行った。

「よう、早いな」

京都新聞を配っている持田という青年に声をかけた。

彼とは京都駅近くで知り合った。いわゆるフリーターらしい。持田に近くの新聞販売所が配達員を募集していると教えてやったのは八木沼だ。公団住宅は十階建て。一度エレベーターで一番上に上がってから各階に配らなければならない。悪意はないが持田はエレベーターを降ろしておくという気がきかない。彼より先に来ればいいが、先んじられるとエレベーターを下に降ろす時間がやけに無駄に感じられる。

この日は遅れてしまった。

「おっさん、見つけたよ。知ってる人」

エレベーターが降りて来るのを待っている時、持田が話しかけてきた。あまり期待していなかったので意外だった。八木沼は本当かと応じる。

「十五年も経つからな。よく知ってる奴がいたな」

「その爺《じい》さん、いつも汚ねえ老犬連れてるからすぐわかると思うぜ」

八木沼は今度訪ねてみると言った。

「詳しいこと知りたかったら、酒持って来いって言ってた」

「ああそうか、わかった」

八木沼は新聞を束ねてある自転車のチューブを引っ張ってパチンと鳴らした。

「……ところでよ、息子さんがあんな手記発表して何か嫌がらせはないのか」

「心配してくれているのか」

「まあ、一応な」

微笑んだ持田につられ八木沼も軽く笑う。

「私の家には電話がないからな」

「そういやそうか」

「弁護士事務所には抗議の電話が殺到したらしい。姑息《こそく》な手を使うなって。まあ予想通りさ」

「知らなかったが、あんたとこの弁護士はあれらしいな。わざわざ国民から嫌われるような被告を好んで弁護するんだろ？　よくやるよな。マゾ野郎なのかよ」

手袋をはめなおしてから八木沼は答える。

「それは先代の人だな。東大出のエリートで元裁判官。理想主義者だったらしい。金にならないのにやたらそういう仕事を引き受けていたそうだ。頭が良すぎたんだろう。今の石和って弁護士は苦労人だ。常識人だよ」

「おっさんも東大出の元弁護士だろ」

「東大出って言ってもそれぞれ違う。ピンからキリまであるのさ。私は司法試験も何度か落ちて点数ギリギリの合格だからな。裁判官になるような連中とは立場が違う」

ガタンという音がしてエレベーターが降りてきた。

「高卒の俺から見たら同じだって」

持田はそう言うと、配達に戻っていった。

その日八木沼は酒屋で焼酎《しょうちゅう》を買うと、鴨川に向かった。

慎一の冤罪を晴らすためには関係者の話を聞くことが一番だ。しかし肝心の沢井、長尾両被害者遺族には門前払いされている。それはそうだ。立場が逆なら自分もそうしただろう。そこからの突破が駄目なら出来るだけ慎一たちのことを知る人物に話を聞くしかない。これまで何人もの友人たちから話を聞いた。事件現場近くの住民にも訊《き》いてまわったが収穫はなかった。裁判資料を紐解《ひもと》いても現役弁護士が考える以上のことはわからない。手詰まりの状況だった。

何でもいいから情報が欲しい。その時思いついたのがホームレスだった。慎一はホームレスの支援をしていた。時間が経っているとはいえ、何か彼らが知っているかもしれない――そう思い、持田にホームレスを当ってくれと頼んでいたのだ。藁《わら》にもすがる思いというやつだった。

賀茂大橋の上には犬を連れた老女がいて、金を貸してくれと道行く人々に声をかけている。物乞《ものご》いであるのはすぐにわかるので誰も何も言わず通り過ぎていく。

ここへは大学時代に思い出がある。合唱をやっており、東大京大大交流コンサートというのがあった。コンサートと言っても金を取るわけではない。全共闘だ何だで迷惑な時勢の中、どこ吹く風とこの鴨川で歌い合っただけだ。妻と出会ったのもこの頃だ。ただ咲枝は四十にもならずに病気で死んだ。不幸だが、慎一がこんなことになるのを見なくてすんだとも言える。

橋の下にはウォーキングを楽しむ人々がいる。自分と同じくらいの年の人が多い。彼らも闘争経験者かもしれないが、退職して悠々自適というところだろう。当時、ノンポリ学生で学生運動に明け暮れる連中を冷ややかな目で見つめていた。正義がどうこういうのが馬鹿馬鹿しかったのだ。結局は何かにすがりつきたいのが透けて見える。同じ正義なら自分は弱い立場の人のために働きたいと思った。だが今、自分は遅ればせながらいわば権力に逆らう形で活動している。

自転車を降りてしばらく歩く。事件当日、慎一はこの賀茂大橋の下でホームレスを指揮して歌っていた。それは本人の弁だけでなく複数の証言があって間違いはない。名前はあおぞら合唱団。自分に似て体格はいいし、そこそこは歌えただろう。

少し歩くと、犬を連れたホームレス風の男がいた。賀茂川のシラサギをぼんやり見つめている。これが持田の言っていた男なのか。ただ年齢的には合わない。老人と言っていたがせいぜい五十に届くかどうかという年齢だ。肝臓が悪そうな顔つきだった。

「すいません、よろしいでしょうか」

出来るだけ腰を低くして話しかける。

男は洟《はな》をすすりながら何や、と答えた。

「少しお訊《たず》ねしたいのです。あおぞら合唱団ってご存じですか」

「あおぞら……何やて？」

男がそう訊き返した時、橋の上から声が聞こえた。中学生くらいの男子生徒が自転車で通り過ぎていく。彼らはこっちを見ながら指差すと笑っていた。

「負け組、超負け組生活」

「社会に役立たねえくせに犬飼ってやがんのか」

「あれだろ、アニマルセラ……ピーッ！」

少年たちは何がおかしいのか大笑いした。最後のピーのところだけ放送禁止用語のようだった。ホームレスの男は苦虫を噛《か》み潰《つぶ》したような顔をしている。八木沼は彼らが通り過ぎていくのを待ってからさっきの問いに答えた。

「あおぞら合唱団です。この辺りでよく歌っていたと聞いたのですが」

「合唱？　学生のガキどもがよう歌っとるんは知っとるけどな。連中わしらのことはホンマに、そこいらに落ちとるゴミくずとしか思っとらへんやろ。青春の一ページを汚す邪魔もんとしかな。まあ大学生はましか。中高生のガキどもは何しくさるかわからへんから怖いわ。平気で人殺ししよるやろ。少年法に守られとるしな。連中の命はわしらの何倍もの価値があるらしいわ」

男は若者への敵意を隠そうとしなかった。訊いてないことまで答えてくる。八木沼はその手の話には深入りせず、質問を続ける。

「ホームレスの方々と学生たちが仲良く歌うってことは？」

「そんなもん見たことあらへん」

「十五年前、確かにあおぞら合唱団は存在したはずなんです」

「何やぁあんたジャーナリストかなんか？　しょうもないもん調べとるなあ。そやけど十五年前やろ。そりゃわからん。その頃はわしもバリバリ働いとったわ」

この男は違う――八木沼はそう思った。よくわからないが、ホームレスが同じ所にこれだけ長くいるということはあまりないのかもしれない。もっと早く調べておけばと後悔した。視線を下げると、人懐っこそうに舌を出す柴犬《しばけん》風の犬と目が合った。

「その犬は？」

不意に犬のことを訊ねられて男は少し驚いたようだ。ただ犬の話になると表情が緩んだ気がする。

「もろたんや。やっさんいう爺さんに」

「そうですか。その方はどこに？」

「その方？　そんな大層なもんちゃうであの爺さんは」

男は笑いながら犬の頭を撫《な》でる。いとおしそうな顔だった。八木沼は少し間をあけ、橋の下の青いビニール製のテントを見る。テレビの音が聞こえてきている。人がいるようだ。何故か占いの館と書かれている。ホームレスは今までたくさん見てきた。だが彼らに比べ、この辺りのホームレスの方が裕福そうだ。そのテントの前にもよく見ると犬がつながれていた。

「あそこの方ですか」

よそ見をしながら男は無言で手を横に振った。違うと言う意味らしい。だが違うならあのテントの人物も犬を飼っているということか。

橋の上で見た女性も犬を連れていた。この辺りのホームレスは犬好きが多い。

「やっさんは荒神《こうじん》橋におるで。あの爺さんが増やしよったんやわ、わんころを」

「そうなんですか、ありがとうございます」


賀茂大橋から南に少し歩く。そこには幾つかのテントがあり、京都の美観に対し不本意なレジスタンス活動を行っている。

迷うことはなかった。一つの青いテントの脇には老いぼれた犬がつながれている。つながれた毛の抜け落ちた犬がかなりの高齢であることは容易にわかった。ころころと糞《ふん》が散らばっており、橋桁《はしげた》には地元の不良がスプレーで描いたと思われる落書きがアートを気取っている。自転車のスタンドを立てると、焼酎を左手に八木沼はテントの入口を叩《たた》いた。「ふわあ」という奇天烈《きてれつ》な声と共にテントが裂け、中から哲学の入門書に出て来そうな老人が出て来た。禿《は》げているが白髪がかなり長い。老人は昼間から酔っているのか異臭がした。中には将棋盤やカードゲームが置かれている。黄色く濁った液体が小さな袋にいくつか入れられている。トイレに行くことが面倒で尿瓶《しびん》代わりに使っているようだ。ラジオの声が最大音量で聞こえている。少しお訊きしたいのですが——八木沼の言葉に老人は一度こちらを見た。

「十五年前、あなたは鴨川で歌っていたんですよね」

問いかけに老人はああと生返事をした。

「合唱団の名前を覚えていますか？　合唱グループには名前が付いていたでしょう？」

「おう、青テンや、青テン合唱団」

八木沼は安堵《あんど》の息を吐いた。あおぞら合唱団は青テン合唱団とも呼ばれていた。そのマイナーな方の呼び名を知っている以上、この老人は当時のことを知っている。そう考えていい。

「何人かの若造どもがやっとったんや。えらいべっぴんさんの娘もおった」

「タクトを振っていた若者の名前を憶えていますか」

それは慎一のことだ。老人は問いを返す。

「タクトって何や？」

「すいません、指揮者です。指揮者の青年の名前です」

「おう、覚えとる。割り箸《ばし》振っとった奴やな……」

老人はどういうわけか少し小声になった。

「八木沼や、八木沼慎一」

「……」

「ええ奴やったよ。心のあったかい」

その発せられた言葉を聞いて、不意にこみ上げるものがあった。八木沼は少し沈黙する。息子のことを褒めてくれる人間に会ったのはいつ以来だろう。そうだ。慎一は本質的にそういう子供だった。正義感が異常に強く、普通なら見て見ぬ振りをすることでも放っておけない。

ただそれは身びいきかもしれない。慎一のことを自分はどれだけ理解していただろう。高校時代以降はあまり口をきかなかった。今も自分の面会の申し出を断り続けている。慎一は小さい頃から変わってしまったのだろうか。一度目をつむり、そういった思いを胸の奥に閉じ込める。八木沼は唇を軽く噛んでから質問を続けた。

「慎一……いえ、八木沼というその指揮者の青年がその後どうなったか覚えていますか」

補助輪をつけるようないささか失礼な質問だった。ここまで覚えているのに事件のことを覚えていないはずはない。だが老人はそんなことを気にする様子もなく率直に答えた。

「逮捕されよった」

「あなたは八木沼が二人を殺したと思いますか」

その問いに老人は即答しなかった。八木沼は質問を重ねようとしたが、それをさえぎるように老人は言う。寂しそうな声だった。

「ええ奴やってことと、殺人は別物やからな」

「……そうですか」

力なく八木沼は応じる。慎一の人間性が肯定されても、それだけでは何の力にもならない。今必要なのは新規の証拠と呼べる証言、あるいはそれにつながる証言だ。幾ら問いを重ねても、それがこの老人から引き出しえないことがその一言で感じ取れた。八木沼は質問を続ける。だが既に勝負のついた負け試合で、必死にファールフライを取ろうとしているような虚《むな》しさを感じる。

「沢井恵美さんにちょっかいを出していたような男は？」

「それ誰やった？」

「十五年前の事件で殺された女性です。青テン合唱団の一員で若く綺麗《きれい》な方、彼女に気があったような男性はいなかったですか」

「ほらみんなやで」

その返答に八木沼は苦笑いを浮かべる。

「そやけどみんなよう声かけへんかったんちゃうか。可憐《かれん》過ぎてな。高嶺《たかね》の花、いや女王さんみたいなもんや」

老人は屈託のない笑みを浮かべた。八木沼はその邪気のない少年のような笑顔を見て逆に沈み込む。これ以上訊《き》きようがないことを覚った。ポケットに手を伸ばし、石和弁護士の名刺を渡そうと思ったが途中でやめる。ここへ連絡をと言ってもこの様子では無駄だ。何かあったらここへ訊きに来よう。また来て他のホームレスにも訊いてみようと思った。

「あの犬はどうして飼い始めたんですか」

ふっ切れたように八木沼は訊いた。

「飼《こ》うとった人がおってな。わしはもろただけなんや。ほんでいつの間にか増えとったわ」

八木沼はそうですかと言った。最後に酒を渡し、青テントを出た。

やっさんのテントのすぐ近く、荒神橋のたもとには歯の抜けたホームレスがいた。何かを祈っている。八木沼は念のためにと思い、彼にも話を聞く。

「犬神様や」

嬉《うれ》しそうに歯の抜けた男は指差す。そこには酒瓶に隠れるようにして小さな祠《ほこら》がある。いや、隠れているわけではなくその御神体は一本の酒瓶をくりぬいて入れられている。伏見《ふしみ》人形のような犬の人形が鎮座していた。よく見ると瓶の側面に「梅さん昭和五十九年歿《ぼっ》」という文字が油性のペンで荒っぽく書かれている。八木沼は犬神様という安易な呼び名に失笑を禁じえない。

「梅さんは犬好きでな。大事にしすぎてこの辺りではその孫やひ孫がやたらおる」

彼はそれからしばらく話した。だが事件などより犬の話の方に興味があるらしかった。八木沼はこれではダメだと思い、荒神橋を離れる。結局何も得るものはなかった。かろうじてつながった糸があっさりと切れたようだ。だがこんなことは当たり前だろう。ホームレスたちが慎一のアリバイや真犯人を知っているというのは虫が良すぎる。自分はここに来るまで何に期待していたのだろうか。現実から目を背けてしまっていた。

その夜は中々寝付けなかった。隣の青年が女性を連れ込んだようで、押し殺した声とやる気のない拍手のような音が薄い壁を隔てて聞こえてくる。こちらが静かにしているせいか、こんな薄い壁にコンサートホールのような防音効果があるものと解釈しているようだ。実際には障子越しのようなものでゴム製品の着脱音すら聞こえていた。

部屋の呼び出しブザーが鳴った。生半可な目覚まし時計より大きなその音は、間違いなく隣にも聞こえただろう。八木沼は立ち上がり、部屋の入口近くにあるブザーを押し返す。聞こえたよという意思表示、病院方式だ。アパートの部屋を出て少し離れた大家の家まで歩いた。

「八木沼さん、電話や、石和いう人」

こんな時間にかけてくるとは――期待と不安の入り混じった思いで受話器を手に取った。

「八木沼です。何かあったんですか」

「それが八木沼さん、大変なことになりました」

何時になく石和は興奮していた。八木沼はその声を聞いて立ちくらみがした。しばらく黙っていたが、石和は何も言わない。自分の心臓の鼓動が聞こえる。沈黙に耐え切れず、八木沼はその不安を直接的な言葉に変えた。

「まさか、執行命令書に大臣が署名したんですか」

腹から絞り出す八木沼の大声に、石和は気圧《けお》されたのか声を発しない。不安が募った。もはや期待などはどこかに吹き飛んでしまっている。死刑確定から、実際に執行されるまでの手続きは煩瑣《はんさ》を極める。判決謄本・公判記録が検察庁に送られ、法務省刑事局総務課、先任検事が資料のチェックを行う。そして問題なしとされた場合に死刑執行起案書が作成され、各部局の決裁がある。刑事局に送られてそれが死刑執行命令書になるのだ。よく言われる法務大臣の赤鉛筆でのサインは、三十もの監督官の印が捺《お》されてからの話だ。執行は大臣の署名から五日以内になされるという。ただこういった作業過程は外へは漏れないはずだ。石和にどんなルートがあるのかは知らないが、彼の人脈が想像以上には優れていないことを祈った。

「どうなんです？　石和さん」

「いえ、そういうわけではありません」

「じゃあ、どうされたんですか」

実は……そう言いかけて石和は止まる。言いづらそうだ。

「八木沼さんに黙っていたことがあるんです」

「何です？　いえそれより今回何があったんですか」

自分自身でも混乱していた。ただ少し安堵《あんど》の思いが広がりつつある。

少なくとも慎一に死刑執行命令が下ったわけではない。刑事収容施設及び被収容者等の処遇に関する法律百七十八条二項で土日や祝日、年末年始の執行はないと規定されている。だから執行はウィークデイだ。この日は日曜日。今日執行されたという悲報でもなかろう。石和は落ち着いて聞いてくださいと言った。

「落ち着いていますよ！」

八木沼は思わず大声になった。石和は小声で言った。

「実は電話が事務所にあったんです。真犯人らしき人物から」

真……犯人？　その言葉の意味を咀嚼《そしやく》するのに少しかかった。だがさっきとはまるで違う質の興奮がこみ上げてくる。発した言葉は無理に抑えたものだった。

「まさか、犯人が自分から言ってくるなんてことが……」

それは当然の疑問ではある。だがただのいたずらで、わざわざこんな時間に石和が電話をかけてくるとは思えない。そこには何か彼なりの信じるに足る理由があるのだろう。

「石和さん、いたずらではないと言われるんですか」

「私はそう思います。到底無視できるレベルにはない。ただその人物は八木沼さんの連絡先を教えろと言っています」

「何故私の連絡先を？」

「八木沼さんに会って謝りたいと」

そこで一度会話は途切れた。雲の上を歩くようなおかしな感覚だった。石和の電話内容がこんなものだと誰が想像できよう。早くなった鼓動を抑えるため、深呼吸を一回した。

「実はお話ししていませんでしたが、以前にもこういう電話があったんですよ。三ヶ月ほど前から何度か。ただいたずらだと決め付けていました。慎一君には話したんですが」

「そうだったのですか」

「すいません、過度に期待させるといけないと思ったんです。慎一君とは話の流れ上、コミュニケーションをとるために話したんです。こんな電話がかかってきたってね」

「今回の電話はどんな感じだったんでしょうか」

「思いつめた様子でしたよ。八木沼慎一君や親族の方には本当にすまないことをしたと。もちろん演技の可能性も大いにありますが」

「じゃあ、まさか自首するとでも言うんですか」

「そんな感じでしたね。慎一君の手記を読んで心が揺れたと言っていました。ただその前に八木沼さんに謝りたいということなんでしょうか。年齢はよくわかりません。秋葉原《あきはばら》や日本橋《にっぽんばし》で売っているようなボイスチェンジャーで声を変えていました」

話すたびに、内容が現実感を伴いだした。石和の声がどこか遠いところから聞こえて来るようだ。これはいたずらだ、悪質ないたずらに違いないと裏切られた時に備え予防線を張るが、興奮を押し留《とど》めることなどできない。かつて大学教授の妻が殺害され、被告人が服役後に真犯人が名乗り出てくる事件があった。その冤罪《えんざい》事件が脳裏に浮かぶ。この事件の犯人はある事件の影響を受け、良心の呵責《かしやく》から自首した。今回もそうなるだろうか。

「私はこの時期に言ってきたことに、希望を感じてしまいます」

石和がつぶやいた。八木沼は問いかける。
「時期ってどういうことです？　慎一が手記を出した直後ってこと
ですか？　あれを読んで、良心の呵責に耐え切れなくなったと」
八木沼の問いに石和はいいえと答える。
「もっと実利的なものです。今真犯人が出頭しても死刑でしょう。メ
ロスとセリヌンティウスじゃないんですから、わざわざ死刑になりに
行くなんてことはしない。自首にディオニスの改心のようなものを求
めるわけにはいかないでしょう。ですがもう少し待てば話は違ってき
ます」
その言葉で八木沼は石和の言いたいことを理解した。そうかとつぶ
やく。

「おわかりになられたようですね。そうです、もうすぐ公訴時効の十五年ですから」

2

京福帷子ノ辻駅近くに太秦《うずまさ》犯罪被害者支援センターはあった。

センターと銘打っているが外からはそう見えない。二百坪ほどの土地に母屋と離れがある。灯籠《とうろう》や石畳もある普通の日本家屋だ。玄関を入ると病院の受付のようになっている。防音設備もしっかりしており、お茶菓子が出される。出来る限り話しやすい雰囲気を作ろうとしている。

京都の街中、和風の屋敷でゆっくり語り合いましょうというのがうたい文句だ。具体的には犯罪被害者と直接会ってカウンセリングをしたり、電話相談、法廷への付き添いなどをしたり仕事は多岐にわたる。車がないので家から自転車で四十分くらいかかるが、もう慣れた。

この日は交通事故の被害者遺族が来ていた。年齢は三十代半ばだろうか。彼女は五歳になる娘さんを飲酒運転の車にはねられ亡くしている。おかしくなるほど苦しい。相手の運転手を殺してやりたいと涙ながらに訴えた。

「この前判決が出たの、懲役三年だった」

「やはり、そうですか」

その判決は予想通り。と言ってもこれはかなり重い判決だ。故意がないわけでこれ以上は厳しい。執行猶予がつかなかっただけでもよしとしなければならないのだろう。だが遺族側からすればそうは思えない。良かったですねなどとは口が裂けても言えない。

「未必の故意は認められなかったんですね？」

「ええ、こんなの殺人でしょ！　飲酒運転がここまで駄目だって言われているのに何故こんなことするの？　近所にちょっとタバコ買いに行くだけだったって……何故そんなことのためにあの子は死ななきゃいけないの！」

全身から苦しみと怒りの気が上っているようだった。

「どうせあの男は反省した振りだけしてすぐに社会へ戻って行くのよ。人一人殺しておいて。最初はあの子が赤信号無視して出てきたってふてくされた顔で話していたの。結局認められないとわかると急にしおらしくなって……それが悔しくて悔しくて。もう一年も経つのにあの子の顔が浮かんで消えない！　あの子が本当は生きていたって夢を何度も見るわ！　受け入れていないのかしら？　毎日が本当につらくて、ホントに、本当に……」

彼女はハンカチで顔をおおった。おいおいと泣く。涙と鼻水でくしゃくしゃになっていた。つらいのだろう。苦しいのだろう。

「沢井さん、あなたがいてくれて本当に良かった。こんな思いやっぱり苦しんだ人じゃないとわからない。苦しくて、悔しくて……ごめんなさいね。他のカウンセラーの方には悪いけど、あなたに話していると気が落ち着くの」

菜摘は何も言わず彼女をじっと見ていた。彼女のつらさが空気をつたって染み込んでくる。それからしばらく会話を重ね、時間が来た。彼女は立ち上がって礼を言う。菜摘も礼を返した。

彼女の思いが少しでも楽になるため自分は貢献できただろうか。ただふと思う。臨床心理士に必要な能力はなんだろう？　自分に思いのほか感謝してくれる人は多い。だがそこまでの対応をしているだろうか。菜摘はここ数日悩んでいる。あの日かかってきた電話のためだ。男は八木沼慎一が冤罪で自分が真犯人だと言っていた。いたずらだろうとは思う。だが台本の存在に触れたことが気にかかってならない。

そしてそれ以上に感じるのはあの声の持つ魔性だ。ただのいたずらではないぞと心をわしづかみにされる。考えまいとしても考えてしまう。もしこの電話があったことを誰にも言わずに自分の中にしまっておいたら一生後悔する——そんな強迫観念があった。

仕事が終り、菜摘は自転車で家に向かっていた。太秦広隆寺《こうりゅうじ》駅近く、警察署の前で立ち止まる。いつもはここを斜めに左に折れ、丸太町《まるたまち》通へと向かう。だが菜摘は自転車を降りると電話ボックスに入り、電話帳を開いた。番号を調べ、四条法律事務所に連絡する。ここはそれなりに名の通った法律事務所で、八木沼慎一の再審弁護を担当する石和という弁護士がいる。相手は驚いていたが会ってくれるらしい。善は急げという。嵐電《らんでん》の線路に沿って菜摘は自転車を走らせた。蚕ノ社《かいこやしろ》、天神川、西大路三条を経て四条通に入る。後はここをただまっすぐ行くだけだ。

四条烏丸は子供の頃からよく来たものだが、場所がわからなくて何度も携帯で訊《き》いた。四条通に法律事務所はなく、あったのは蛸薬師という通りから少し奥に入った所だ。ペンキを塗り重ね、必死で新しく見せようとしているような建物だった。前には一台だけ車を停めるスペースがある。ブロック塀の上で猫が気持ち良さそうに寝ていた。飽和状態の大丸地下駐輪場に無理やり停めておいたが、事務所の前にも自転車を停めることはできた。

「こんにちは、沢井といいます」

声をかけると女性事務員に案内された。菜摘は四条法律事務所の応接室に入る。

パステルトーンで統一された部屋の中は、豪華とは呼べなかったが清潔感があった。女性事務員がにこやかにアイスティーを運んできた。喉《のど》が渇いていたので遠慮なくストローですすった。

さっきの電話で菜摘は自分の身分を明かした。被害者遺族が会いたいと言ってくることは再審弁護を担当する弁護士からすればどう感じられたのだろう。普通なら好意的と取れるのかもしれないが、先の手記が発表された直後だ。文句を言いに来たと解釈したかもしれない。

「お待たせしました」

アイスティーを飲み干し、氷を舌先でころころ動かしていた時に弁護士が入ってきた。急いで帰ってきたのか汗を拭《ふ》いている。菜摘は座ったまま礼をした。

その弁護士は、どういうわけかこちらを見るなり驚いた表情を浮かべていた。固まったように、黙ってしばらく何も言わなかった。捲《まく》りあげたシャツから褐色の逞《たくま》しい二の腕をのぞかせている。短く切りそろえられた髪には不思議と清潔感があり、弁護士というより警察官のようだった。知的とは思えないが、それらの特徴がかえって誠実さを声高に叫んでいる。

「八木沼慎一の主任弁護人、石和洋次といいます」

「沢井菜摘です。初めまして」

多感な少年のように石和は余り目を合わせようとしない。さすがに横を向くことはないが、彼の視線は首元など菜摘の目の位置とは微妙にずれている。そのくせこちらが視線を外すと、じっと見つめている。

石和は微笑むと、角刈りのような頭を軽く掻《か》いた。

「実は初めましてではないんですよ。私は十五年前、あなたとお姉さんの恵美さんを賀茂大橋の上でお見かけしました」

「そうだったんですか」

「ええ、慎一君と出会ったのもその日です。慎一君はまるでギリシア神話に出てくるアポロンの化身のように輝いていました。すごい声で彼は『Soon-ah will be done』を歌っていた。あんな合唱を聴いたのは初めてです。私はあの感動が忘れられず、プロの方の歌う『Soon-ah will be done』の入った黒人霊歌のCDを買ったり、コンサートに出かけたりしています。でも、あの時の感動を超える『Soon-ah will be done』には会ったことがありません」

「思い出は美化されますから」

冷たく言ったが、その曲の名前は自分も忘れない。荒っぽい合唱ではあったがすごかった。あれだけの熱量をもった合唱は二度とお目にかかれないように思う。あの合唱と演劇が交じり合えば素晴らしい舞台がきっと出来ただろう。八木沼慎一の姿は石和がいうとおり神々しいとしか言いようがなかった。ただ神は数時間後に悪魔へとその姿を変えた。

「運命というものをあなたは信じますか」

不意に石和はおかしな問いを発した。

「女性の方はそういう言葉に弱いと聞きます。もっとも以前女性に告白する時、運命がどうこうと言って笑われましたが」

愛想笑いを返すことなく菜摘は黙って聞いていた。

「私は運命というものを信じています。いえ、そうはいいませんがそれらしきものの存在は感じています。まるで十五年前のあの日を境に私と慎一君の運命は逆転してしまったようです。あの年、うまくいっていた慎一君の人生の歯車は狂いました。逆に悲惨な生活を送っていた私は八回目の挑戦で司法試験に合格しました。短答式試験に私は落ちたと思っていました。予備校で答えあわせをした段階ではそうでした。でもマークミスをしていたようでギリギリ受かっていたんです。ラッキー以外の何ものでもありません」

良かったですねと菜摘は相槌《あいづち》を打った。気のない相槌だ。

「すいません。こんな話をするつもりはなかったのですが。ただ私は慎一君を救いたい。私がこうして彼の弁護人になり、あなたが来てくだったことに驚いているんです」

「私の訪問は不幸の前兆かもしれへんですよ」

「そう言われるということは、不幸じゃないんだ」

「週刊誌の件で文句を言いに来たとは思わはらへんのですか」

石和は頭をまた掻いた。恐縮したように小声で言う。

「それで今日はどのようなご用件で？」

その問いに菜摘は一度息を吐いてから答えた。

「電話があったんです」

誰からです？　そう石和は訊いてきた。

「あの事件の犯人……」

菜摘はそこでわざとらしく言葉を切る。

「……を名乗る人物からです。私は逃げた小鳥ですって言うてました。『走れメロス』からの引用や思います」

石和は当然ながら驚いているようだった。とはいえ反応は予想したものよりは小さかった。彼が思ったより驚かないことに菜摘は逆に少し驚いた。

「どんな内容でしたか」

「どんなって……自分が犯人で、八木沼慎一は冤罪《えんざい》やて」

「その人物はボイスチェンジャーを使っていましたか」

「はあ？　いいえ、普通の男の声でしたけど」

その時初めて石和は意外な顔を見せた。

「男……ですか？　年齢はわかりますか」

メモを取る石和から視線を逸《そ》らすと、菜摘は記憶を辿《たど》る。慎重な答え方をした。

「落ち着いとったように思います。丁寧でしわがれたような声やったからある程度年配の人やないですか。でもわからへんです。意外と若い人かも」

「そうですか、他に何か印象的なことを言っていませんでしたか？」

問われて浮かんだのは、『走れメロス』の台本のことだ。電話の主は台本のことを知っていた。これは秘密の暴露、犯人しか知りえない事実というやつなのではないのか。菜摘はそのことを口に出そうとしたが、どういうわけかためらう。言葉が出ない。そうしている間に石和はメモ帳をしまった。

「よく教えてくださいました。感謝します。実はこちらもお聞かせしたい話があります。ただ他言無用でお願いしたいのですが」

石和の申し出を菜摘は受け入れた。はいと言う。

「実はこちらの法律事務所にも同じような電話がかかってきているのです。自分が真犯人であって、八木沼慎一は冤罪だとね」

「え……」

「電話の主は八木沼悦史さん、つまり慎一君のお父さんに会って謝りたいと言っています。八木沼さんをご存じですか」

菜摘は黙ってうなずいた。

「あの方はずっと慎一君の無罪を信じて活動されています。もうすぐあの事件から十五年です。法改正で現在は殺人罪の時効は二十五年になっていますが、当時は十五年です。ですから海外にいたとかの事情がなければ真犯人の時効は成立します。改正があったのでそのことを訊いて来ましたよ。ちゃんと成立するのかと。私は間違いなく成立すると教えました。つまりその人物は、自分が死刑にならなくなったら自首すると言いたげなんです」

菜摘は驚いた。だがその驚きを隠し、少し強がった。

「卑怯《ひきょう》ですね」

「そうですね。卑怯です。処罰感情の軽減、証拠の散逸、積み重ねられた関係による国家の訴追権の限定——色々と正当化される理由はありますが、はっきり言って時効という制度は卑怯な制度なんです。私

小岩井薫《こいわいかおる》という遺族会の人は廃止に向けて運動しているそうです。私

の親分である、口の悪い人に言わせれば人権屋の渡辺先生ですらおっしゃっていました。時効は卑怯だと。先生は時効が延ばされたことを喜んでいましたよ。これは正義だってね。でもそんなことより息子の冤罪が晴らせるなら構わない、感謝すると八木沼さんは言っておられます。私も同感です」

「民事の時効はまだですし、その人物は自首すれば社会的には終りでしょう？」

「そうですね。でもまあ、死刑にされるかもしれないという不安はなくなるわけです」

「わかります。そやけどやっぱり理屈が通じへんです。そんな自分の命を惜しむ卑怯な人物やったら自首なんてせえへんのとちゃいますか？　メリットがありません。損害賠償請求は大金持ちなら痛くも痒《かゆ》くもないかもしれへんですが、社会的に終るのは我慢できないでしょう？　陰口を叩《たた》かれるなんてレベルの話とちゃうし」

菜摘の言葉に、石和は二度うなずいた。そんなことはわかっているという表情だ。

「人間というものはそんなに単純なものではありませんよ。この人物も犯行時はどうしようもない悪だったのでしょう。でも時間が経って自分のした罪の重さに苦しむようになったとも考えられます。あの慎一君の手記はそれに追い討ちをかけたのかもしれません。ただ綺麗《きれい》さっぱり真人間になるというわけではない。罪から逃れたい、死刑は怖いという思いも残っている。慎一君を救いたいという思いと、死刑への恐怖。この二者の間でぎりぎりの選択をしようともがいているのではないでしょうか」

やさしげな表情で石和は言った。

「人間は弱いものです」

その時石和は菜摘の目をしっかりと見つめていた。逆にその視線に耐えられず菜摘の方が下を向いた。何ということだ。この言い方なら石和は既に真犯人がいることを確信している。その自首も近いと思っている。そしてそれは充分にありえることだと菜摘にも感じられた。

「それ以外には何か言うてへんかったんですか」

思いを振り払うように菜摘は言った。

「何か……と言いますと？」

「犯人しか知りえへん事実とかです」

「いえ、それがあったならいいんですがね。今述べたのが全てです」

あの台本のことは言っていなかったのか？　問いたかったが菜摘はどういうわけかためらった。この弁護士は敵で、敵に塩を送るようなものという意識があったのだろうか。こんな所まで訪ねてきながら何をやっているんだという思いもある。

だがそれ以上に八木沼慎一は冤罪――それが初めて菜摘の中で現実感を伴い始めた。その炎は心の奥、ほの暗いところで静かに音を立てて、ぼうっと燃え始めた。そしてその炎は瞬く間に全身を焦がしていく。苦しいが、どこか心地のいい燎原《りょうげん》の火。

「私はあの男を十五年も殺したいほど憎んできました」

「仕方ありませんよ、沢井さん。あの状況なら誰だってそう思います」

「あの男が無実なら、私は……」

「まだわかりません。いたずらの可能性も、また男が翻意することも充分ありえるのです。特に後者は問題です。変に追い詰めたりしてはいけない」

　菜摘は額を押さえた。十五年前のあの日、玄関から飛び出して来た時の八木沼慎一の顔が浮かんだ。二人の視線は随分長い間つながっていたように思う。あの人は本当はお姉ちゃんを殺していない――湧き上がり燃え広がった炎はうねりを伴っていた。それはやがて勢いを失ったが、残り火がいつまでも燃え続けている。

「何とかして男の正体を摑《つか》みたい。何者であるかがわかれば仮に翻意したとしても捕まえられます。このまま消えられたら手のうちようがない」

石和の言葉を最後に会話は途切れた。

菜摘は立ち上がり、事務所の出口まで来ると言った。

「また来ます、多分」

外はすっかり日が落ちている。菜摘は事務所を出て大丸の駐輪場に歩きかけた。

「言い忘れていました。沢井さん」

石和が声をかけてきた。菜摘は無言で振り返る。石和は真剣な表情だった。菜摘は訝《いぶか》りながら言葉を待った。だが石和はすぐに破顔する。

「綺麗になられましたね」

菜摘は少しだけ赤面した。

3

家の前にバイクの停まる音がした。

チャイムが鳴らされる前に八木沼は玄関の扉を開く。

「へえ、普通の家じゃねえか」

そう言って入ってきたのは持田だ。柔らかそうなトゲの付いた革ジャンを着ている。持田は低い入口をリンボーダンスでも踊るように大《おお》袈裟《げさ》に避《よ》けながら言う。

「三万五千円だろ？　よくこんな物件があったな。いわく付きでやばいんじゃねえか」

「そんな話は聞いていない。まあ、あっても気にしないさ」

真犯人を名乗る人物から四条法律事務所に電話があって二週間が経った。この間、その人物からはもう一度電話があり、八木沼の了解の下、石和はその人物に八木沼の電話番号を教えた。

八木沼は中書島《ちゅうしょじま》に引っ越していた。

電話線すら引けない壬生のボロアパートでは、その人物と密に連絡を取ることが困難だ。また誰かに話を聞かれる怖れもある。謝りたいと言っている以上、その人物が会いに来ることも考えられる。出来る限り真犯人が連絡しやすいようにしたかった。

八木沼は石和と話し合った結果、借家に住むことにした。京都の中心地では中々いい物件はなかったが、市内でも伏見区まで来ると安く借りられる所が見つかった。

「本当は賃貸料金などどうでも良かったんだ」

「そういやパソコンも買ったんだよな」

八木沼はああと言った。くだらない情報もあるがいい情報もある。便利だ。食わず嫌いというのか苦手意識があった。やってみると案外出来るものだ。ついでに携帯電話も買った。後、ここは小学生の頃、慎一が通っていた進学塾があった場所だ。関係はないだろうと思いつつ、最終的にここにしたのはそういう意味もある。

「おっさんの中の時間が石器時代から一気に進んだな。ところで仕事はしないのか。年金はまだだろ、生活はどうするんだ？」

「さっき駅の近くを通ったんだが、職安も見つけた。それに多少のたくわえはある」

「ふうん。だがそれにしても質素なもんだな」

持田は家の中を見つめる。つられて八木沼も見た。生活に必要最小限の物しか置いていない。安物のテーブルの上にパソコンと、部屋の隅に位牌《いはい》が寂しげに置かれている。テレビさえない。台所には中央に小さな冷蔵庫が置かれているだけだ。小さな家だが、とても広く感じる。

「あんまり根詰めると爆発するぜ。たまにはハメを外せよ。この辺りは南新地だ。昔は遊郭とかあった風俗街だ」

「これから一ヶ月くらいが頑張りどころなんだ」

「ごめん、悪い」

　やや語気を荒げた八木沼に持田は謝った。八木沼はその持田の顔を見てかえってすまなく思った。軽い言い方だが誠意を感じる。持田はしばらく家の中を歩き回っていた。不意に真剣な顔になると、思い出したようにそうかと言った。催促されたように感じ、八木沼は応じる。

「どうかしたのか」

「わかったよ。おっさんがこんな質素な暮らしをしている理由。息子さんのためだな。息子は死刑囚として拘束された生活をしているのに自分だけが贅沢《ぜいたく》してはいけない。多少なりとも息子さんと苦労を共有したかったんだろ」

「まあ……それもあるな」

「ん？　じゃあ他に理由があるのか」

八木沼は答えなかった。黙って下を向く。持田はそれ以上追及してこなかった。

「ところで今度、ライブやるんだ。見に来いよ」

「私みたいなじじいが行ったら迷惑だろ？」

「じじいは迷惑かけてなんぼじゃねえか」

微笑む持田につられて八木沼も口元が緩んだ。

「俺も観客ゼロだけは嫌なんだよ」

「アバンティ前ですら二人観客いたじゃないか。ところでお前さんあの歌い方じゃ個性がない。実声で歌え」

「俺が裏声捨てたらえらいことになる」

二人はしばらく音楽談義を続けた。八木沼は学生時代、合唱団で得た知識を語り、持田は高校時代からのギターへの思いを語った。長いだけでまるで噛《か》み合わない話だったが、不思議と気持ちが良かった。

アバンティ前で歌っていた曲は自作のものだという。

「私は作曲など出来ないんだが、どうなんだ。愛だ、平和だって歌詞って恥ずかしくないのか」

「いいじゃねえか、永遠のテーマだ」

「お前さんが私に協力してくれるのもそういう延長なのか」

「まあな。冤罪《えんざい》を晴らすって格好いいしな。死刑制度に関してはよくわかんねえ。ただ無実の奴を処刑するってのはヤバイ」

「戦争については絶対反対なんだろ」

「戦争は無辜《むこ》の市民が巻き込まれるからな」

「死刑もそういう要素をはらんでいるぞ」

いや、やっぱ違うだろと持田は言った。

「まあそれはいい。問題は犯罪者なら殺していいって理屈に何も口出ししないってことさ。お前さんらミュージシャンはその点どう考えているんだ。死刑ってのは抵抗できない人間を一方的に殺すんだぞ。正当防衛みたく殺さなければ殺されるって状況にはない」

「ミュージシャン代表にされて光栄だよ」

「お前らミュージシャンが批判するのは、批判しても文句の出ない安全な連中ばかりだ。ヒトラー的な安全な絶対悪、この世界に真っ赤なジャムを塗って食べようとする奴らだけだ」

その言い回しに持田は噴き出した。

「おっさん、よく知ってるな。ちょっと懐かしいよ」

「ネットのおかげだよ。それに笑いごとじゃない」

「悪い、そうだな。だが被害者の身になって考えるのは大切だろ」

持田は置いてあったお茶を飲んだ。さっき八木沼が買ってきた特定保健用食品だ。血糖値が気になる方にと書かれている。持田は意外と美味《うま》いなと言った。

「被害者がないがしろにされてきたのは事実だ。これまでの被害者給付金とか見ればわかる。酷《ひど》いもんだ。ただそれも応報的正義に頼りすぎてきたからさ」

「どういうことだよ、難しい言葉使うなって」

「応報的正義は例《たと》えるなら……そうだな、遠山の金さんって時代劇があるだろ？　桜吹雪がどうとかいう」

「お奉行の濃い顔見ても、誰も思いださねえやつだな」

「貧しい町人の男が殺されたとしよう。娘はおとっつぁんを殺した下手人を捕まえてと奉行所に訴える。やがて下手人は金さんのおかげで捕まり、獄門になる。娘は泣いて礼を言うわけだ。これにて一件落着。これが応報的正義だ」

「めでたしめでたしじゃねえか」

「そうでもない。下手人が捕まっても、唯一の収入源だったおとっつぁんがいなくなり、殺された町人の娘は女郎屋に売られてしまったら意味がないだろ？　見舞金もらったり、長屋のみんなに助けられたりして力強く生きていけなきゃ駄目だ。これが修復的正義ってやつだ。この部分が軽視されていたのさ」

ふうん、と持田は気のない相槌《あいづち》を打つ。

「被害者給付金の少なさは死刑存置論の武器に使われることがある。死刑囚にはこんなに金が使われているのに、被害者にはこれっぽっち。被害者と死刑囚、どっちが大切なんだ？　みたいな論法に加工される。だがそれは詭弁《きべん》だ。被害者への補償は刑罰とは別に考えないといけない。加害者が過酷に取り扱われてもいけないし、被害者支援が遅れてもいけない」

「でもよ、おっさん」

「なんだ？」

「被害者支援って中に死刑を求めることも入るんじゃねえか？　死刑廃止論者の連中はあれだ、死刑廃止のついでみたいに被害者支援を訴えやがる。ほれ、お前らにも配慮してやってるぜ、みたいによ。そんな言い訳みたいなんじゃ心に響かねえ」

その持田の問いは意外と鋭さがあった。八木沼はそこが難しいところだと言った。

「殺してやりたいと叫ぶ被害者の復讐《ふくしゅう》心を満たしてやりたいのは人情だ。復讐心は絶望の中で必死にすがりつくもので、それに疑問を投げかけることには罪悪感が伴う。だからそこで人は思考を止める。だが被害者遺族は正確には殺したいんだろうか？　苦しみから逃れたいんだろうか？」

「そりゃ苦しみから逃れたいんだろうよ」

持田は即答する。

「けど、できねえからすがりつくんだろ？」

「そこが重要な点なんだ。苦しみから逃れたいという思いと、殺したいという思いは違う。安易に結び付けられすぎている。復讐心はもっと正確に取り出すべきなんだ。つらい作業だろうが脳外科手術のように慎重にな。垂直に沸き上がってくる感情、みたいに無条件に肯定しては駄目だ」

不満そうな顔を持田は見せた。いつの間にか血糖値対策のお茶は空になっている。

「でもよ、おっさん……慎一さんも死刑は必要だって言ってるぜ」

持田が帰った後、八木沼はじっと写真を見つめていた。

部屋の隅には位牌がある。妻咲枝の物だ。横には写真もある。さらに右にはもう一つ写真がある。娘を抱いた中年男性の物だ。今、八木沼が見つめているのは右側の写真だった。

「被害者のことを考えていない……か。そんなつもりはないんだが、そうなのかもな。私がこうしてあなたたちのことを考えようとしているのも持田の言うとおりで義務感、あるいは後ろめたさの裏返し。それ以上の意味はないのかもしれない」

しばらく手を合わせてから外に出た。六月の夜風は心地よく、八木沼はタバコを買いにいくついでに新居の周りを散策する。携帯をポロシャツのポケットに入れると、駅とは反対側に慎一の自転車で向かった。大きな通りが見える。上を阪神高速が走っている。この通りは油小路通だ。ここを北に気の遠くなるほど上がると、惨劇のあった沢井恵美の家近くに行き着く。横大路《よこおおじ》を抜け、大きな通りを避けながら八木沼はなおも進んだ。前方に川が見えてくる。左側には新しい二階建ての大きな橋が架かっていた。橋の下段は歩行者や自転車用になっている。この辺りはサイクリングコースらしい。

鴨川は高野川と賀茂川が出町柳で合流して一つになる。その鴨川はここ羽束師《はづかし》橋の手前で桂《かつら》川と一つになり、その桂川もやがて淀《よど》川に飲み込まれる。そして淀川から分かれた大川の近くに慎一のいる大拘こと大阪拘置所がある。八木沼は桂川に沿って南下する。桂川の流れを見つめた。タバコはもうどうでもよくなっていた。

その時電話が鳴った。携帯の扱いに慣れていない八木沼は着信音に驚き、慌てて通話ボタンを押した。

「はい、八木沼です」

「夜分申し訳ありません。こんばんは」

その声は聞き覚えのない声だった。

いや、聞き覚えがないわけではない。よくテレビ番組で出てくる音声は変えています——とテロップの入る声だ。男か女かすらわからない。八木沼は驚きのあまりしばらく立ち尽くしていた。だがようやく我に返ると、自転車を放置したまま脇道の誰もいないところへ移動した。

「もしもし、八木沼さん？　聞こえていますか」

「携帯に馴れていないものでね」

初めましてと言った後、しばらく電話の主は間をあけた。

八木沼は息苦しかった。知らぬ間に着ていたポロシャツのボタンを外していた。

「石和さんからお聞きになっているでしょう？　私は十五年前の事件の犯人です」

声が出なかった。予期は出来たが軽く頭を殴られたような感じがする。八木沼はただ黙ってその人物の声を聞いていた。

「あなたに本当に申し訳ないことをしました。慎一君にはもっとです。謝っても謝りきれません」

それは……途中で声がかすれた。

「こんなことを言っても信じてもらえませんよね」

八木沼は反応に困った。怒らせてはいけない。といってもどう応じればいいのだ？　とりあえず下手に出るしかない——そう思った。

「自首するつもりですか」

まともに出た初めての言葉がそれだった。

「そうするつもりです。ただ」

男はそこで言葉を切る。何故こんな声で電話してきたのかはわからないが、とりあえずはっきりと自首するという意思が示されたのは確かだ。口調も柔らかい。とは言ってもこんなものは吹けば飛ぶようなものだろうが。

「もう少し待ってください」

やはり時効か？　八木沼はそう思った。

「あなたが誰であるかお聞かせ願うわけにはいきませんか」

「それはまだご容赦願います。呼び名がなく不自由なら私のことはそうですね、メロスとでも呼んでください」

メロス？　太宰治の小説に出てくる人物か。

「嫌なら別にいいですが。信頼の象徴ですよ」

「そんな呼び名などどうでもいい。それよりあなたはご自分が犯人であるという確たる証拠をお持ちなのですね？」

「私自身が証拠です」

「確かに真犯人が自首するというのはそれだけで決定的なことです。

ですが適当なことを言っているということもある。特に今回の場合、慎一には死刑判決が下って確定しています」

「それが何か問題でしょうか」

「これまで再審請求で無罪判決が出た人たちは皆、自白が強要されていた時代の人々です。ですが今回は違う。慎一の自白はやけになったもので本人も厳しい取調べや虚言が用いられたのではないと言っています。これが覆るとなると、死刑制度の根幹が揺るぎかねない。そう簡単にはいきません。ご自身の申告だけでは駄目です。はっきりとした物証はお持ちなのですか」

「さすがに元弁護士ですね。落ち着いておられる」

聞きようによっては皮肉にも聞こえる言い方だ。だが八木沼は黙って聞いていた。

「大丈夫です。私の元には犯行時に使われた果物ナイフがあります。犯行当時着ていた、被害者の血が付いた服もね」

それは決定的だ——八木沼は沸き上がる感情を押し留《とど》めるように静かに問いを発した。

「何故当時処分されなかったのですか」

「自分でもわかりません。わずかに人間の心が残っていたからでしょうか。いえ、おそらくは証拠が自分の手を離れることが怖かったのです。いつ発見されるかもしれないという恐怖があって、それなら自分の手元が一番安全だと考えたのだと思います」

メロスは息をついでからふたたび言う。

「私はこの身に代えても、慎一君の無罪を証明したい」

八木沼は興奮していた。これまでのことを嘘偽りで言えるだろうか。答えは否だ。だが油断するな、これは嘘かもしれない。期待させておいて裏切るというたちの悪い嫌がらせの可能性もある。メロスの言う証拠品を見るまで。いや、慎一が放免される姿を見るまで闘いは終わらない。

しかし抑えようとしても、十五年間溜《た》め込んでいた感情が沸き上がってくる。涙がこぼれそうだった。真犯人への怒りなど何もない。感謝の念が今、全てを包んでいる。やはり慎一は冤罪《えんざい》だった。あの心優しい子が殺人など犯せるはずがないのだ。

「……八木沼さん、自首する前に一度会っていただけませんか」

「あなたにですか」

「ええ、会って直接謝りたいのです」

唐突な申し出だった。しかしこういうこともありうると考えて家を借りたのだ。勿論《もちろん》会う場所などどこでもいい。顔を見られればこのメロスを名乗る男も逃げようとは思わないだろう。自首するという決断を伺すために犯人と会うべきだ。またそこで彼が自分を害することも考えにくい。

「十日後でいかがですか」

十日後――それは時効成立の日だ。八木沼は少しだけ考える。だが答えは決まっている。

「ええ、かまいません」

「詳しいことはその日にまた連絡します。恨んでいらっしゃるでしょう、私を。その思いをぶつけてください。私はそうされるだけのことをしました」

その声は、器械を通しているのに優しげに聞こえた。

「頬を思い切り殴れとでも言うのですか？　私の心には今、あなたを恨む気持ちなどまるでありません。あるのはむしろ感謝だ。喜んでお会いします」

本心からそう答えた。

「そうですか、わかりました」

メロスはそう言うと少し口を閉じる。ペラペラとメモ用紙のようなものを捲《めく》っている音が聞こえた。八木沼は黙って携帯を握り締めている。

やがてメロスはゆっくりとした口調で話しかけてきた。

「ただ八木沼さん、持ってきてもらいたい物が一つだけあるんです」

「何でしょう？」

「お金です。五千万円ほど」

八木沼は思わず声を発した。そして呆気《あっけ》に取られた。これまでの話の流れでこんなことを言い出すとは思えなかった。

「どうです？　ご用意できますか」

「それは……」

「調べさせていただきましたよ。あなたの家は代々裕福でしょう？　元弁護士で豪遊されている様子でもない。多分まだ相当の額を貯金されていると思いますが」

冷水を浴びせられた思いだった。和やかに話をしてきたのはここで全てをひっくり返すためだったのか——そんな気がした。

「もしもし、八木沼さん。聞こえていますよね？　どうなんですか。ご用意できますか」

それは……言ったきり八木沼は口ごもる。金はある、借家暮らしではあるが、メロスの言うとおりたくわえはまだ充分あるのだ。慎一のためにこの残った貯金を全て使い果たすことは望むところだ。だがそんなことが問題ではない。問題なのはこの男の人間性だ。死刑が怖いから時効まで待ってくれというのは理解の範疇《はんちゅう》にある。だがこんな大金を無心するというのは異常だ。メロスの人間性に疑問を呈さざるを得ない。

たしかにこの男が更生などしていなくともいい。本当に自首し、慎一が救われるならそれで構わない。ビジネスでもいい。五千万円など持って行けばいい。だが……。

「どうしました？　息子さんのことを思うなら、ここはすぐにＯＫするところでしょう？」

「あなたの人間性が……いえ、約束が信じられなくなった」

「私が持ち逃げするとでも？」

「自分でもおかしなことを言っていると思わないか！」

叫ぶと、八木沼は再び沈黙する。こんな言葉をどう信じればいいのだ。今自分は弱りきっている。どんなにその申し出がいかがわしくても信じたい――そういう心境だ。このメロスという人物はそれにつけ込んできている。騙《だま》すために近づいてきたに違いないのだ。ただそれでも、ほんの一パーセントでも可能性があるなら……そう思ってしまう。

「あなたはたった五千万円を惜しんで息子さんを見殺しにされるおつもりですか」

「そんな気はない。あんたが信じられないと言っているんだ。何故悔いて自首するというのにそんな大金がいるんだ？　私も信じたいよ。慎一が助かるなら、有り金全てだけじゃなくこの命を差し出してもかまわない！」

「民事の時効はまだです。今自首すれば私はそちらの方面で苦しむことになる」

「その程度のことを怖れて自首しないというのか」

叫びたい思いがあったが八木沼はそれをじっとこらえた。メロスを信じることはできない。だが彼が言っていたこと全てが嘘だろうか。それにこの申し出を断ったとして他に慎一が助かる方法があるわけではない。かかってくる電話に怯《おび》える日々はもういやだ。慎一が処刑されたらこんな金に何の価値もないのだ。しばらく考えた後に八木沼は切り出した。

「交換条件では駄目か」

「どういう意味でしょう?」

「二千五百万円とあんたの言っている果物ナイフの交換だ。被害者の血液が検出されるなどそれが本物なら残りの金を払う」

「息子さんの命を値切るつもりですか」

「だからそうじゃないと言っているだろう！」

「交換条件には一切応じません」

メロスは冷たく拒絶した。二人はそのまま黙った。メロスの息づかいだけが携帯電話越しに伝わってくる。桂川のせせらぎがわずかに聞こえた。いや、気のせいかもしれない。苦しみぬき、一分あまり考えた末、八木沼はようやく力なくつぶやいた。

「わかった。五千万円用意しよう」

4

その日、出町柳行き急行は空《す》いていた。

時刻は午後十一時近くだ。当然だろう。乗っているのは酔っ払いのサラリーマン、学生風の若者、化粧の濃いホステス風の女性。皆疲れた顔をしている。だが八木沼は彼らに真剣な眼差《まなざ》しを送り、針の先ほどの隙も見逃すまいと観察していた。

まるで身代金目的の人質事件だな――八木沼はそう思う。手元にはアルミ合金のケースがある。見るからにその手の事件で使われそうなケースだ。だがこの中に実際に五千万円が入っているとは誰も思うまい。電話の男、メロスを除いて。

前のメロスの電話から約束の日まで十日が過ぎた。それはあの事件から十五年が経つことをも意味する。海外渡航などの事実がなければあと一時間でメロスの時効が成立する。

メロスはその日、約束どおり電話をかけてきた。内容は現金をジュラルミンケースに入れ、京阪《けいはん》で五条大橋まで来いというものだ。どこの会社で作っている、どの種類のジュラルミンケースを使うかまでメロスは指定してきた。そのため慌てて買いに行かなくてはならなかった。

八木沼は約束に従い、警察にも石和にも知らせなかった。我ながら律儀なものだ。ただメロスは新札でとは限定していない。八木沼はあらかじめ用意した一万円札五千枚の番号をすべて写真に撮っておいた。使った時に番号からたどられることに頭の回らないメロスではないだろうが念のためだ。

メロスは五条大橋に来いと言っていた。だがその途中で不意打ち的に接触してくることも考えられる。電車の乗客に八木沼は目を光らせていた。やがて急行は京阪清水五条駅に到着する。他の乗客が降りるのを見届け、扉が閉まる寸前で電車を降りた。メロスらしき人物が乗っていないか確かめるためだ。だが不審な動きの客はいない。仕方なく改札を通り階段を上がって外に出る。車の行き交いは多いものの橋の上に人影はまばらだ。

――いるのか、メロスの奴は？

五条大橋の上を、八木沼は何度かわざと振り返りながら進んだ。いたずらのラブレターで校舎裏に呼び出された少年のようだ。メロスからすれば自分の姿は見られたくないだろう。直接会いに来るとは考えづらい。人通りは少ないとはいえ、橋の上には常に何人かはいる。こんなところで現金の受け渡しをするのは不自然だ。メロスの言葉を信じるなら、会って直接謝りたいということだが、この橋の上でそんなことなどするようには思えない。

その時携帯が鳴った。八木沼は辺りを見渡しながら携帯をポケットから出す。非通知になっている。おそらくメロスだ。鴨川の方を向きながら静かに通話ボタンを押した。

「約束どおり来てくれましたね」

メロスは言った。このタイミングでかけてくるということは近くにいるということだろう。メロスはどこかでこちらを見ている。八木沼はもう一度辺りを見渡す。義経と弁慶の像がこちらを馬鹿にするように建っていた。メロスは何処かのビルの上からのぞいているのだろうか。探しても無駄なようなので八木沼は諦《あきら》めて欄干に手をかける。

「来ないのか？　まさかこんなところに現金を置き去りにしろというのではないだろう？」

「ええ、ここでは受け渡しはしません。あなたを信頼しないわけではありませんが、私の方も万が一の尾行に備える必要があるわけです。理解していただきたい」

「身代金目当ての誘拐事件じゃないし、警察は動くことはない」

「でしょうね。でも一応です。それにこれは誘拐事件じゃないですが似たようなものです。約束をたがえれば殺される人間がいて、金を要求する者もいる。警察に知らせるなというお決まりの文句もあります。

立派な人質事件です」

八木沼が車内で考えたことと同じ内容をメロスは言った。

「だからお前はメロスなのか」

「どういうことです？」

「太宰の例の小説はシラーの『人質』が元になっている」

「よくご存じですね」

「付け焼き刃だよ、ネットの」

「便利な時代になったものです。まあそれはどうでもいい。一応まだ時効は成立していませんし慎重を期したいんです。八木沼さん、このまま五条通に沿って烏丸通、いえ堀川通……」

そこまで言ってどういうわけかメロスは口ごもる。

「どうしたんだ？」

「ここから遠いのはどちらでしたっけ？」

「堀川通に決まってるだろ」

「じゃあ堀川通までゆっくりと歩いてください」

公訴時効は起訴されなければ成立する。古い刑事ドラマのようにギリギリでアウトってことはない――そんなことを八木沼は言った。

「これも念のためですよ」

「このまま西へ向かえばいいんだな」

「西？　ああ、西……ええ、お願いします」

ケースを持ったまま、八木沼はしばらく歩いた。五条通北側を八木沼は進み、堀川通まで来て立ち止まる。メロスからの指示を待った。

だが携帯はなかなか鳴らなかった。八木沼は背後からメロスに急襲されることを恐れ、バス停付近から歩道橋に上った。ここなら目立つだろうし、歩道橋を上がってくる者がいれば気づく。

携帯が再び鳴ったのはそれから十分近く後だった。

「すいませんね、待ちましたか？　尾行はないようですね」

「そんなことは心配いらない」

「受け渡しの場所を指定します。テンシツキヌケのエンゼル21というマンションの屋上に来てください」

「何だって、何処と言った？」

「エンゼル21というマンションの屋上です。ここのマンションの非常階段には鍵《かぎ》がかかっていて普通なら上ることは出来ません。ですが私がさっき破壊しておきました。まあこっそり忍び込めば上がれるんですけどね。私は何年前でしたか忘れましたが忍び込んで、ここからし座流星群を眺めました。よく見えましたよ。綺麗《きれい》だった。ここなら誰にも気づかれることなくあなたと二人、会うことが出来ます。ただし男同士だ。ロマンティックとはいきませんけれど」

その言葉をさえぎるように八木沼は訊《き》いた。

「テンシツキヌケってのは何処のことなんだ？　何かの愛称なのか？　聞いたことがない」

「今、どこにいますか」

「見えていないのか。五条堀川の歩道橋の上だ」

「五条……堀川？　テンシツキヌケに来てください」

「具体的に言ってくれ。そんな場所はわからない」

「油小路通はわかりますね」

すぐ近くだ――八木沼は少し小声で言った。油小路通は沢井恵美の家へと続く因縁のある通りの名だ。メロスはわざとこんなところを選んでいるのか。

「そこを上へ行ってください。そうすればエンゼル21という小洒落《こじゃれ》たマンションが見えてきますよ」

そうかと言うと指示に従って八木沼は歩道橋を降り、元来た道を少しだけ戻った。すぐに油小路通は見つかった。上というのは北ということだろう。八木沼の住む中書島とは違い狭い。そこを北へ向かう。この辺りは少し前まで住んでいた壬生からもそう遠くない。何度も近くを通った。そんな変わった地名があっただろうか。

少し歩くと痩《や》せっぽちのマンションが見えてきた。あまり敷地面積は広くなく上に高い。横の建物とかなり近接している。建築基準法ぎりぎりに無理やり建てられたようだ。数えると七階建て。近くの電柱には「天使突抜」と住所が書かれた広告がかかっている。実際にある地名だった。おそらくエンゼル21はこの天使突抜という地名からとられているのだろう。子供の自転車がいくつか停められていることから見て学生用マンションではなさそうだ。

高い草が生え、進みにくかったがマンションの側面に回ると非常階段があった。だが手前に南京錠のかかった鎖がかけられ、上れないようになっている。壁にはベニヤ板がかかっている。ドラえもんになり損ねたようなアニメキャラの顔が描かれ、「上るな、危険！」とウィンクをしながら命令調でにこやかに忠告してくれている。

八木沼は鎖に手をかけた。少し力を込めるとするすると外れ、階段に落下してガラガラと迷惑な金属音を立てた。メロスが言葉どおり壊していたようだ。

もしメロスが屋上にいたら、音を立ててしまった以上気づかれただろう。八木沼は開き直って非常階段を上がる。夜の街に安物の革靴の音が響く。新聞配達で鍛えていたのでそれほど息は上がらずに屋上に出た。屋上には無駄に幾つものアンテナが立っているだけで何もない。思ったより広い空間がそこにあった。

——いない……のか？

辺りを見渡すが誰もいない。腕時計を見ると十一時四十三分。もうすぐ時効成立の時間だ。ドラマのように時間との闘いがあるわけではないが、ひょっとするとメロスは午前零時になったら姿を現すつもりだろうか。

八木沼は屋上の手すりから下を見る。下から見上げるより高く感じる。手すりは押すと少し揺れた。ここから落ちたら死ぬなと思った。だがまさかメロスは自分をここから突き落として殺そうなどと考えているわけでもあるまい。殺すメリットなど思い浮かばない。

しばらく八木沼は屋上を見て回った。やはりなにもない。変わったことといえば、一本のアンテナに何故か長いロープがぐるぐると巻きつけられていることくらいだ。

携帯が鳴ったのは十一時五十一分だった。八木沼はすぐに出た。

「本当に来てくれたんですね」

「約束は守る。このジュラルミンケースの中の紙幣は全て本物だ。尾行もないし、誰にも言っていない。私はただ君にちゃんと自首してもらいたいだけだ。そのために全ての努力を惜しむつもりはない。だから君も約束を守って欲しい」

メロスは無言だった。八木沼は返事がないことに少しいらだったが、問いかける。

「それで、これからどうすればいい？」

「念のため、現金が本物かどうか確認させていただきます」

「必要ないだろ、これが偽物なら困るのは私だ」

そうですね——そう言ってメロスは少し間をあけた。だがすぐに口を開く。

「手すりが見えますよね？」

「ここから私を突き落とす気か」

「まさか……そこから現金の入ったケースを下に降ろしてください。アンテナにロープが結び付けてあるでしょう？」

八木沼はああと答える。

「ではお願いします」

八木沼はアンテナに結び付けられたロープをほどくと、ケースにくくりつけた。携帯からはあまりきつく結ぶな、ほどけないようにしっかり結べと矛盾したようなメロスの注文が聞こえてくる。ロープは想像以上に長く、端がアンテナにしっかりと結び付けられていた。

「長さは計算してあります。ちょうど届くはずです」

「ここから降ろせばいいんだな」

手すりの柵《さく》の間隔はケースの厚さより大分広かった。ジュラルミンケースの種類まで具体的に指定してきたのはこのためか。

「ゆっくりお願いします。壁にコツコツ当てると住民に気づかれるかもしれません」

「わかっている」

降ろす作業は二分ほどかかった。その間八木沼は思う。なるほど考えたものだ。これなら顔を見られる心配もなく、自分が少しでもおかしい動きを見せればメロスはすぐ逃走できる。非常階段を静かに素早く降りることも出来なければ、飛び降りられる高さでもない。

やがてケースは地面に着いた。アスファルトの硬質な感触ではない。ロープを伝って柔らかな感触が伝わってくる。メロスが手で受け取ったのだ。手すりから下を見下ろす。今、自分とメロスはほぼ同じ位置にいる。この高さだけが二人を隔てている。

「今日私たちはこのロープで結ばれました。八木沼さん、確かに受け取りました。本物ですね」

「当たり前だ」

「私は今、本当に感動しています。いくら愛する息子のためとはいえ、ここまでできる人がいるなんて」

少し涙声に聞こえた。だが馬鹿にしているようにも聞こえる。

「あなたは本当にすごい人です。ちゃんと透かしも入っている。ああすいません、ロープは巻き上げておいてください」

ロープには重みがなくなっていた。五千万円は今、メロスの手に渡った。このまま奴が消えてしまえば取り戻すすべはない。嫌な感触が起こってきて素早くロープを回収すると結び付けられているアンテナの方へ投げ捨てた。

しばらくして携帯から声が聞こえた。

「八木沼さん、メロスです」

「何だ？」

「手すりから下を見てください」

言われたとおりに八木沼は下を見た。懐中電灯で照らすと携帯を耳元に当てている人物が見えた。この暑いのに冬服を着てスキー帽を深くかぶっている。とても顔を確認することなどできない。慎一が言っていたように特徴がない。こいつがメロス――八木沼は頭の中が白くなった。奴の上に飛び降りてやりたい衝動に駆られた。

メロスはこちらに手を振った。馬鹿にしているのか。だがその直後、メロスの姿は視界から消えた。懐中電灯で照らすと、うずくまってい
た。

「すいません……本当にすいませんでした！」

八木沼は呆気《あっけ》に取られた。メロスは土下座をしている。携帯の向こうからはすすり泣きが聞こえる。八木沼はどうすることもできずにただその謝罪を黙って見続けているだけだった。やがてメロスは立ち上

がると移動し始めた。どこかへ行ってしまうのかと思ったが、メロスが歩いていく方向は非常階段の上り口の辺りだった。

「何をしている?」

メロスは答えない。時計を見ると零時七分。公訴時効は成立している。だがどうでもいい。

「メロス! なにがしたいんだ!」

「お金はお返しします。降りてきてもらえばわかります」

「なに!」

叫ぶと八木沼は非常階段を駆け下りる。自転車の音が聞こえた。メロスは去っていった。辺りを見渡す。すでにメロスの姿はなかった。だが非常階段の上り口の手前、アニメキャラが蠱惑《こわく》的な笑みを浮かべるその前にジュラルミンケースが置かれている。

馬鹿な、それなら何のためにこんなことをした――慌てて中身を確認する。慣れていないので開けるのに少し苦労した。八木沼は驚く。ケースの中には現金が入れたままの手付かずの状態で残されている。いや違う。入れたときよりはるかに額が増えている。まさかジュラルミンケースの種類を指定してきたのはこうして現金を追加するためだというのか。

切らずにいた携帯から声が聞こえた。

「八木沼さん、本当に申し訳ありませんでした」

「これはいったい何の真似だ？」

「せめてもの気持ちです。こうでもしないと受け取っていただけないでしょう？」

「何なんだ！　わけがわからない！」

「どうか受け取ってください……八木沼さん、お願いですから」

メロスは涙声だった。八木沼は大声で携帯に叫んだ。だがすでに通話は切れていた。

# 第三章　メロスとディオニス

## 1

秋風が少し冷たく感じられる頃、京阪丹波橋駅のホームには数人の若者が並んでいた。

揃《そろ》いの紺のジャンパーと帽子。必死で手洗いしたような白手袋をつけ、胸に名札。背筋をしゃんと伸ばして通過する車掌に深い礼をし、線路に物が落ちていないかを確認している。小学生が帽子を線路に落としたらしく、下に降りようとした。それを彼らの一人が注意して止め、棒で掬《すく》ってとってやった。彼らは通勤ラッシュ時に溢《あふ》れかえる乗客を強引に中に詰め込む係。背中押しとか押し屋と呼ばれるアルバイトたちだ。

通学する子供たちにとってこの奇妙な軍団は尊敬の対象ではない。背後から忍び寄って帽子を奪って逃げる遊び相手に過ぎない。いやこれが敬愛して止まぬヒーローに対する屈折した愛情表現なのかもしれないが。

その日も縦縞《たてじま》のTシャツを着た少年が獲物を狙っていた。背の高いアルバイトの背後に忍び寄り、ジャンプして帽子を奪った。ここで通常、アルバイトは冗談っぽく怒り少年を追跡する。だがこの日は違った。アルバイトは怒ることなく振り返り、少年も遁走《とんそう》する義務を忘れてその場に立ち尽くしている。帽子の下から現れたのは白髪だった。その顔にはそれまで生きてきた六十年あまりの深い年輪が刻まれていた。

「すいません」

少年は軽く礼をすると帽子を返す。八木沼は無言でそれを受け取り、深くかぶりなおした。

昨日は呑《の》みすぎてしまった。鴨川のホームレスに話を聞きに行ったはいいが、つい彼らのペースに巻き込まれた。正体をなくし、ホームレスのテントで眠り込んだまでは記憶がある。そのホームレスは眠りは神聖不可侵と思っているようで、親切にも起こしてくれなかった。

メロスと天使突抜で会ったあの日から事件に何の進展もない。メロスからはまるで連絡がなく、ホームレスを中心に話を聞くものの有益な情報と呼べるものはない。またメロスが自首したという話も聞かない。もしそうしているならとんでもない騒ぎになっているはずだ。

手はなくなった——そう言わざるを得ない状況だ。ウィークデイは慎一が処刑されたという報に怯《おび》え、金曜日が過ぎると少しだけ安堵《あんど》する。そんな日々がただ虚《むな》しく過ぎていく。ビラ配りをすることも、ホームレスに話を聞きに行くことも慎一の無実を証明するためでなく、そんな心の隙間を少しでも埋めようとする行為なのかもしれない。

アナウンスが入り、急行が到着した。満員という言葉が生易しく感じられるほどの人が乗っている。童話に出てくる腹を膨らませるカエルのようだ。扉側の乗客は一度降りて列を作る。

「押しますよ」

八木沼は並んだ乗客の背中を押す。脂汗が出てくる。二十歳くらいのアルバイトが手伝って扉が閉まらないように押えてくれた。ラッシュはピークを過ぎていたので意外とすんなり入り、八木沼は扉を押えながら手を上げ、車掌に合図を送った。

そこに近鉄《きんてつ》線から若い女性が大急ぎで駆け込んできた。八木沼は足で扉を押えたまま手をクロスし、もう少し待ってくれという合図を送った。女性は背中から乗り込んだが中から押され飛び出しそうになっている。八木沼は押そうと思ったが豊満な胸が邪魔で押せなかった。一番困るパターンだ。胸を押すわけにはいかない。

「すいません、逆向いてください」

そう言うと女性は一度降りてから指示に従った。溢れ出てくる寸前で八木沼は女性の背中を押し、ことなきを得た。車掌に礼をする頃には滝のように汗が流れ出ていた。八木沼は汗を拭《ぬぐ》う。きつい仕事かもしれない。ただこの急行が終われば実質的に今日の仕事は終りだ。

「史上最年長の押し屋ですね」

背後から声がかかった。振り返ると弁護士の石和がいた。

「また鴨川へ話を聞きに行かれていたんですか？　何回かけてもつながらないから心配しました。私は八木沼さんがメロスに渡された現金を調べていきます。あそこから突破口がつかめないかと思うんですが難しい」

「あの金を警察に届けてしまえば、メロスを刺激して約束を反故《ほご》にされる恐れはあるでしょうか」

「可能性はありますね。メロスは自首しないと言っているわけではないですから」

八木沼は一つため息をつく。

「エンゼル21、例のマンションはどうなんですか？」

「あそこに住んでいるのは新婚夫婦や一人暮らしの老人ばかりでした。それでも大分前に世話になった人が住んでいましてね」

「お知り合いの人がいたんですか」

「ええ、ただもう高齢な上、病気でして。あまり参考にはならないかと。住民の中にこれといって怪しい人はいないようだと言っていましたが」

「他には何もわからなかったのですか」

これといった情報はないですね——石和はすまなそうに言った。

「ところでお体は大丈夫ですか」

「いい運動になりますよ」

このアルバイトは石和の紹介だ。彼はかつてここで長い間働いていたらしく、今も駅員となじみだった。背中押しは特典もあるし、新聞配達ほど朝は早くない。土日は休みなのだからまあ効率はいい方だろう。

「もうすぐ終わりますから、待合室ででも待っていてください」

「仕事の方はもっといいのがあったら紹介しますから、無理しないでくださいよ。いくらお若いつもりでも……自分にはご自分を痛めつけているように見えてしまいます」
「鈍行が来ました。それじゃあ後で」

背中押しのアルバイトが終わった。八木沼はロッカーに向かう。スポーツ紙の記事を読む若者たちは自分の三分の一くらいしか生きていない。社員食堂に誘われたが断った。こんなおいぼれを気にかけてくれるいい奴らだ。そんな彼らにお先にと言ってホームへ戻った。八木沼は石和と共に特急に乗り込む。通勤ラッシュが終わり、特急は空《す》いていた。あまり京阪には乗らなかったので、いまだに特急がこの駅や中書島に停まることには違和感がある。

「慎一君に、何か訊《き》いておきたいことはありませんか」

石和の問いに八木沼は少し考える。この日は慎一に会いに行くため、大阪拘置所に向かっていた。もう何度目だろう？　おそらく会えないだろうが、何度でも行かなくては気が済まない。石和の問いも慎一が会ってくれないという前提のものだ。八木沼は石和に訊《たず》ねた。

「今さらですが、慎一は何故会ってくれないんでしょう？」

「わかりません。八木沼さんのことを話し、会ってみたらと私も時々言うのですがそのことになると口をつぐんでしまう。これは渡辺先生の頃から同じなのです。私の方からお訊きしたいくらいです。以前何かあったのかと」

「なくは……なかったんです。ただそれは違うかと」

「では何かあるのですか」

八木沼は言葉を濁した。こんなことが慎一の会ってくれない理由ではないだろう。確かにあの頃から心が通わない気はしたが、それは慎一が大人になったということだと思う。

「私は一つ気になることがあるんです」

口を閉ざしてしまった八木沼にじれて、石和が声を発した。目を見ると随分真剣だった。車掌が横を通り過ぎていくのを待ってから石和は続けて言った。

「私もまさかとは思います。ただ可能性をこの十五年間ずっと追ってきましたが外れてばかり。それなら非現実的でも他の可能性を考えてみるべきだと思います。実は八木沼さんから例のメロスとの一件をお聞きして、少し気になったことがあったんです」

「と言いますと？」

「お心当たりはありませんか」

石和は問いに問いで応じた。八木沼はしばらく考えた。窓の外をふと見ると、小さな駅が通り過ぎていく。やがて石和の言いたいことに思い当たった。心当たりという意味においては一人だけしか思い当たらない。最近出会った人物と言えば、駅前でギターを弾いていた青年だけだ。八木沼の表情が変わったのを見て、石和が言った。

「多分お考えのとおりです。タイミング的に」

「持田……ですか？」

「ええそうです。彼が八木沼さんと出会ったのは偶然でしょうか？

八木沼さんは当時決まってビラ配りをされていました。加害者の父親がこんな活動をするのはめったにないことです。うわさなどすぐに広がりますよ。まして今はネットの時代ですからね」

「それじゃあ、持田は私にわざと近づいたと？」

「決まってあんなところでギター演奏をすることは不自然に見えませんか？　私には何か目的があるとしか見えない。八木沼さんに近づくきっかけを作りたかったと見る方が自然に思えます」

言われてみればそうだ。ただ八木沼には持田はそんな人間には見えなかった。いや、たしかに最初は不審に思ったのだ。だがその不審も話してみることで解けていった。そして今はむしろ信頼できる人間、その三本の指に入るまでになった。

「彼のことを、八木沼さんはどこまでご存じですか」

「そう言われると困ります。むしろ何も知らないと言った方がいいかもしれません。ただ……」

「知っている人間に持田という姓の男などいない——そういうことですか？　でも八木沼さんは彼の身分証明を確認したわけではないでしょう」

「偽名ということですか」

石和はええと言った。

「私は昨晩、彼の勤める新聞販売所に行って話を聞いてきました。拍子抜けするほど簡単に答えが出ましたよ。彼は全然違う名前だったんです。河西治彦《かさいはるひこ》というまったくの別人でした」

その名前を聞いて八木沼は声を失った。その名前は深く自分の中に刻み付けられている。おそらく一生忘れることはない。地獄の底から鬼が這《は》い出てきて、足首をつかまれたようだ。

「そんなことが！」

大声を出してからはっと気づいて電車内を見渡した。誰も不審な顔を向けてはいない。だがおかしいと思われただろう。八木沼は音量を絞った。

「ありえない、そんなことは……」

「持って回った言い方をしてすいません。驚かせるつもりはなかったのですが」

石和は一度言葉を切った。間をあけてからもう一度口を開く。

「調べさせていただきました。河西治彦とはある殺人事件の被害者遺族ですね？　さっきためらわれたのは、十八年前に河西が巻き込まれた事件のことではないですか」

ええと言って八木沼はうつむいた。静かに言う。

「私は若い頃、神谷実《かみやみのる》という男の弁護を担当しました。当時は駆け出しでしてね。よくある表現を使えば正義感に燃えていたんです。神谷はいたずら目的で中学生の少女の家に侵入し、見つかるとその少女を絞殺したんです。その後で死姦《しかん》した。犯行は明白でしたから、後は量刑が問題となりました」

「無期……いや今なら死刑もありえなくないです」

「神谷は家庭に問題がありましてね。父親に酷《ひど》い虐待を受けていたようなんです。私もその点を主張して争いました。検察の求刑は死刑でした。思い切った求刑です。でも結局懲役十五年が確定しました。控訴審での被害者遺族の無念の声は心に残っています」

「軽いですね。それなら仮釈放ですぐ出て来られる」

「そうです、神谷は模範囚でした。神谷は仮釈放され、その仮釈放中にさっき言った事件を起こしたわけです」

　それは再犯という問題を大いに提起した事件だった。殺されたのは宝塚《たからづか》にある河西鉄工所という小さな会社の社長。神谷は保護司の紹介でその鉄工所に働きに行っていた。だがある日、かっとなって社長を工具で撲殺。その家の小学五年生になる娘をさらって逃走した。

「その略取された子も結局殺されたんですよね」

「ええ、親子二人を殺した神谷も自殺しました」

当時のことが思い出される。八木沼にとってこの事件は衝撃だった。やってきたことの全てが否定される思いだった。自分は被告のために全力を尽くしただけだ。批判されるいわれなどないんだと言い聞かせても虚《むな》しい。自分が弁護したために神谷は死刑を逃れた。死刑になっていれば悲劇はなかった——この単純な因果の糸をそんな理《ことわり》のナイフで切断することはできなかった。

「八木沼さんが弁護士をおやめになったのはそのためですか」

こくりと八木沼はうなずいた。

「逃げたんですよ。情けない話です」

「慎一君も学校で言われたんですかね？　この事件はお前の父親の

せいだ、お前の父親は人殺しだ……みたいに」

「わかりません、ただショックはあったようです」

うつむくと八木沼は静かに言う。

「私はこの事件からずっと目を背けていました」

「お気持ちはよくわかりますよ。私も逃げたくなる。弁護士は時に悪役を引き受けなければなりません。世間から嫌われる被告人を弁護することは弁護士活動にマイナスになりかねない。だから逃げる。事実凶悪事件の弁護人は一定の弁護士に集中しますからね。それでも弁護して、被告の更生を喜んで、それなのに裏切られる。それが最悪の形で出てしまった……」

八木沼は首を横に振った。

「被害者遺族の方にはそんなことは関係ありません。自分の愛する者が殺された――それがすべて。全くそのとおりです。私はそういう人々の苦しみをわかっていなかった。いつも目を逸《そ》らせてきた……」

頭を抱える八木沼を石和はじっと見つめていた。自分で言った言葉が心にしみわたるようだった。八木沼は思う。ありえる。そうかもしれない――被害者遺族の無念、その思いの強さはどんなことでも可能にするかもしれない。ただそれなら何故その思いをこの自分にぶつけてくれない？　慎一も、その友人たちも無関係ではないか。

「でも問題は慎一君ではなく河西治彦です」

わかっていますと八木沼は生返事をしただけだった。

拘置所の前には数名の若者が集まっていた。鎌を持つ骸骨《がいこつ》が描かれたプラカードを持っている。おそらく死刑執行に抗議する集まりだろう。全国に拘置所はいくつかあるが、大阪拘置所は東京拘置所に次ぐ規模だ。執行されたもののリストを見るとかなり多い。北側の大川寄りの建物内で執行されるとネットで見た。

「面倒なことになる前に、手続きを済ませましょうか」

「ええ、駄目なら私はこの足で宝塚に行きます。河西さんのところに行ってみたいんです」

石和はあごを数回撫《な》でた。その仕草を見ながら八木沼は問いを発する。

「時期尚早とお思いですか」

「いえ、かまわないと思います。今、河西家に残っているのは河西社長夫人だけです。治彦氏は新聞配達をしているのだから京都暮らしのはず。西《にし》ノ京《きょう》右《う》馬寮《まりょう》町《ちょう》販売所の所長も近くに住んでいるようだと言っていました。問題は夫人と治彦氏がつながっているかどうかです」

「共犯ということもありえると？」

「わかりません、ただ可能性です。すべての可能性を考慮に入れないといけませんから」

可能性という言葉の好きな弁護士だ。

「無茶はしませんよ、ただ遠くから眺めるだけかもしれない」

「不審者と間違われないように頼みますよ」

その言葉に八木沼は微笑む。少し緊張の糸がほぐれた。

「さっき途中になりましたが、慎一君に何かありませんか」

「一つ言付けをお願いしたいんですが……」

「何かおありですか」

石和の問いに、八木沼はええと言った。今さらですが……と言って口ごもる。

「父さんは何があってもお前を信じている、とだけ」

「わかりました」

「ちょっと恥ずかしい言葉ですか？」

その問いに何も答えず、黙って石和は微笑んだ。

やはり面会はかなわなかった。いつものように慎一は自分を拒んだ。八木沼はスナック菓子の差し入れだけをすると、最寄りの都島《みやこじま》駅から宝塚へ向かった。事件後、八木沼は河西家を何度か訪問している。だがその度に追い返されている。当然のことだ。だが慎一が逮捕されて以降、一度も訪れてはいない。鉄工所は社長の死で潰《つぶ》れた。思えばあまりにも失礼な訪問だ。本来ならこれだけの年月を経た今、弔意ですら受け入れてもらえるかどうかという状況だろう。それなのに自分はこの家族に疑いを向けている。それも半端な悪の疑いではない。死刑になるほどの大罪の疑いだ。証拠も何もない。誇大妄想的な推理があるだけだ。

宝塚で阪急《はんきゅう》電車を降り、武庫《むこ》川を渡ってしばらく歩く。やがて高い松の木がある家が見えてきた。この辺りはあまり変わっていない。八木沼は河西家の手前、鉄工所のあった場所で止まる。建物は取り壊され。月極《つきぎ》め駐車場になっていた。

河西家の敷地は百坪ほどだろうか。木造平屋建てで、茶室のような離れがある。庭木はよく手入れされているように見えた。「河西」という表札がその刈り込まれた木々の陰になっている。門はなく、母屋の玄関口まではすんなりと進めた。

八木沼は玄関の前で立ち止まる。回覧板入れの上には木をかんなで削って作った板がかけられていた。そこには達筆で住人の名前が書かれている。善治《よしはる》、沓子《とうこ》、治彦、舞歌《まいか》。河西家全員の名前だ。だが十八年前に善治氏と舞歌ちゃんは死んでいる。それなのにこの二人の名前が残っていることが悲しみを誘う。河西家の時間は当時からまるで動いてはいないのだ。八木沼はインターフォンに手を伸ばすが一度ためらった。だが息を一つ吐くと、思い切ってそのボタンを押した。

しばらく待つと、ゆっくりと扉が開かれた。出てきたのは八木沼と同じくらい白い髪の女性だ。何も言わずに立っている。面持ちから感情は読み取れない。だが年齢からして彼女が遺族の河西沓子氏であることはわかった。

八木沼はこんにちはと言ったが、続く言葉が出てこなかった。先に女性が口を開く。

「大分お変わりになられたのね。八木沼さんでしょ？」

ご無沙汰《ぶさた》しておりますと八木沼は言った。

「どういうご用件かしら？」

「今さらですが、ご主人とお嬢さんの御仏前に線香の一本でもと思いまして」

「……そうですか」

短い会話の節々に多少の険が感じられる。だが以前はこちらの顔を見るなり問答無用で追い返されていた。河西沓子は答える代わりに扉のチェーンを外すと、扉を大きく開く。八木沼はありがとうございますと言って中へ入った。

焼香を終えると、河西沓子がお茶と菓子を持ってきた。座布団に座ったまま礼をする。八木沼は横目でその顔を見た。彼女はどんな心境なのだろうか。

「もうあれから十八年ですね。こっちは私一人になってしまったわ」

「息子さんは、治彦君はどうなされたんですか」

「元気です。ただ高校を出たあとは仕事で一人暮らしだから。三十になったけどいい人がいないのかまだ独身で」

神谷実の事件当時、河西治彦はまだ小学六年生だった。顔は見たことがない。ただもしあの事件で自分への復讐《ふくしゅう》を考えるならこの河西沓子か河西治彦しか考えられない。慎一の事件はこの事件の三年後だ。河西沓子は自分と同じくらいの歳だから当時四十代。息子の治彦は十五歳。慎一は真犯人について身長百七十くらいの男と言っていた。持田は百八十近いが、後で伸びたのかもしれない。だが問題はどうやって沢井恵美らに近づき殺害し、さらにそれをどうやって慎一のせいにしたのかだ。ここが難しい。いやまるでわからない。

慎一は男に殴られたと言っている。性別を見間違えるとは思えないから犯行は息子の治彦と考えるべきだろう。仮にこの馬鹿げた推理が正しいなら河西治彦こそ真犯人のはずだ。ただ何らかの形でこの河西沓子も絡んでいる可能性はある。

「一人暮らしということは、治彦君は関西でなくどこか遠い所にお勤めなんですか」

「いいえ、京都にいます。母親と二人暮らしって言うのは体面が悪いとでも思うのかしらね。でもよく帰ってくるから」

「お仕事は何を？」

「福祉の仕事をしているわ。小さい頃はよく喧嘩《けんか》して問題を起こしていたんだけど、あんなことがあったから人にやさしくなれたのかもしれない」

「音楽は好きなんですか」

「どうかしら、よくわからないわ。でも何故？」

「いえ、特に意味はありません。ところで持田という人をご存じですか」

どうしてそんなことを訊《き》くのか、と問われるかと思ったが彼女は訊いてこなかった。

「小学生の時事故で死んだわ、治彦の一番のお友達だったの」

あっさりと偽名の由来が判明した。八木沼は問いを続ける。だが何という会社に勤めているのかなど、それ以上詳しくは訊けなかった。

それでも持田が嘘をついていることは確かだ。河西沓子は話を続けた。元来話すのが好きな人なのかもしれない。

「お宅も色々とあったのね」

聞きようによってはいい気味だともとれる言葉だった。だがそんな意味が込められているようには感じない。切り出しにくい話題を彼女の方から振ってきた。ただそれに乗って慎一のことを訊くわけにはいかない。八木沼は小声でええとだけ言った。

「あなたには酷《ひど》いことを言ってしまったわ」

彼女の顔はまるで修道女のようだった。

「あの頃はもう何がなんだかわからなくて」

当時のことを思えば当然です――八木沼はそう言った。河西沓子は続けて言う。

「死にたいって何度も思ったわ。死ななければいけないって強迫観念のようなものさえあった。多分治彦がいなければ死んでいたと思う。本当に考えられない酷いことがあって……」

何も言わずに八木沼は河西沓子の顔を見続けていた。彼女はまるでセラピストの前に自分をさらけ出そうとしているようにすら感じられる。

「無理にお話しくださらなくても。余計つらくなります」

「いえ、聞いてください。そしてできればあなたにもこの苦しみを受け止めてもらいたいんです。勝手な言い分かもしれませんが」

そうまで言われると、返す言葉がなかった。

「事件のことは八木沼さんもよくご存じでしょう？」

「それは……ええ」

「神谷は夫を殺し、舞歌をつれて逃げました。そして舞歌も殺した。

でもあの時の神谷の悪意はほとんど報道されていないんです。神谷は舞歌をつれて逃げた後、何度も乱暴していたんです。そしてあの子を地中に埋めた」

知らなかった。そんなこともありうるとは思っていたが、報道はされていない。

「神谷は自殺する前、こちらに電話をかけてきています。何と言ったと思いますか」

彼女は落ち着いた声で問いを発した。だが昂《たか》ぶる思いを必死で抑えているように見える。八木沼はその眼差《まなざ》しに捕らえられたように彼女の充血した眼球を見ていた。

「あのけだものはこう言ったんです。お前の娘は良かったぜって。いやらしい声で自分のした行為を得意げに語っていました。私はそれでも受話器を置けなかった。あの子がどんな目にあわされていても、命さえ助かればという思いだけでした。神谷は舞歌を殺したことだけは伏せて私にそんな話を延々と聞かせました。まるで舞歌を売春婦、いえ物として扱っているような口調でした。でもあの子はまだ十一歳だったんですよ！　そして最後に笑いながらこう言ったんです。お前の娘は殺して埋めたよ。俺の好きなように無茶苦茶にしてやった。俺は今から死ぬ。いいことのない悲惨な人生だったが最後にいい思いが出来たよ。不平等な世の中だと思ってたが神様はちゃんと見ていてくれた。わが生涯に一片の悔いもないって……」

河西沓子は唇を噛《か》み締めていた。

「こんなのが人間のすることですか！」

顔が紅潮している。八木沼は何も言えない。あまりにも酷い話だ。人はここまで悪になれるものだろうか。こんなけだものを罰するのに死以外の何があるのだろうか？　自分はこんな怪物を必死で弁護してきたのか——実際の事件が新聞記事ではうかがい知れない悲惨なものであることはわかっているつもりだったが、八木沼は初めて知らされた事実に呆然《ぼうぜん》としていた。

「八木沼さんは死刑というものは必要だと思いますか」

答えにくい問いだ。今の自分の置かれた状況からすれば答えはノーだ。このような苦しみもわかった上での強固なノー。だがそれは今、言葉に出来ない。

「私は事件の前は死刑というものについて考えてきませんでした。でも夫や舞歌の死後は絶対必要だと思うようになりました。もし神谷が死刑になっていたらこの事件はなかったんです」

八木沼は黙っていた。理屈はわかる。死刑は究極の社会防衛だ。殺してしまえばその人間は罪をもう犯せない。殺されたくなければ罪を犯さなければいい――その単純明快な理屈は素朴だが説得力がある。ただ殺さなくても終身刑なら防衛は出来る。脱獄など物語の中だけの話だ。それにその思考では死刑の範囲は何処までも拡大されかねない。

弱い立場の者、持たざる者はどうしても排斥されていく。切り捨ての論理を内包している。

拷問のような問いの嵐の中で八木沼は襟をただし、その全てを聞き続けた。そして一時間後、深く礼をすると河西宅を後にした。

2

大阪市城東区にある京阪野江《のえ》駅の前で菜摘は待っていた。

長いスカートにフリルのついた上着、長い黒髪をポニーテールにまとめている。控えめではあるが、頭のカチューシャがもっと派手なら流行のメイドのような格好だ。やがて緑色の電車がとろとろと停車した。出てきたのは腕まくりをした男。八木沼慎一の再審弁護人石和洋次だ。こちらに気づくと軽く息を吐き、行きますかと言った。二人は歩きながら話す。

「まず会えないでしょうがね。仮に慎一君が沢井さんに会いたいと言っても、拘置所が許してくれないでしょう。慎一君のお父さんでさえも一度も会ってもらえません。父親の悦史さんは慎一君の冤罪《えんざい》を晴らすためにずっと活動されているんです」

「茨木にいた頃、私のところへも来はりました」

「死刑囚は家族からも見放されるケースが多いです。八木沼さんのところは例外と言えるかもしれません。それにしても、被害者遺族たるあなたが協力してくださるとは思いませんでした」

「私はただ真実が知りたいだけです」

菜摘は誤解しないでとばかりにそう言った。

メロスという謎の人物から電話があってから菜摘の心は揺れている。彼は八木沼慎一は冤罪だと言った。それだけでなく『走れメロス』の台本のことを知っていた。現場にいない限り、こんなことはどう考えても不可能だ。石和の話ではメロスは八木沼に接触し、何故か五千万円を渡したという。何がどうなっているのかわからない――そんな思いが今日、自分をここに来させた。八木沼慎一に面会を申し込むという気にさせた。

二人は歩を西に向ける。思ったよりも距離があり、三十分ほど歩くとようやく大きな建物が見えてきた。

「あそこが正門ですね」

石和が言った。菜摘は指差された先を見る。もっと堅牢《けんろう》な扉を想像していたが、その黒い門はちょっとした金持ちの家のようだった。二人は面会所入口まで進んだ。

「慎一君がいるのはあっちの建物あたりかな」

途中で石和が指差した方向には特徴のない建物がある。そう言われても反応に困るが、少なくともあの八木沼慎一と自分は今、物理的にかなり接近した状態にある。これだけ接近したのは控訴審以来だ。その事実が少しだけ緊張感を高めた。

八木沼慎一の父親は毎月ここを訪れているという。息子が拒み、一度も会えないらしい。食べ物の差し入れだけをして帰っているという。ただ会えなくても側にいたいという思いはわかる。それにしてもどうして彼は父親には会わないのだろうか。

「少し話をしてきます」

石和が言った。菜摘も後に続く。一回転して周りを見渡す。今ここにあるのは八木沼慎一が本当に姉を殺したのか否か——その答えが知りたいという思いだけだ。面会は一回で同時に三人まで可能らしい。

菜摘は面会受付用紙の欄に自分の名前を書いた。

しばらくして別室に通された菜摘は、拘置所職員から予想通り面会拒絶を告げられた。死刑囚には基本的に親族や弁護士しか会えない。「心情の安定に資する者」なら拘置所所長の判断で面会可能だそうだが、この条件を満たす者はほとんどいない。石和も駄目だろうと言っていた。ただこうして丁寧に接してくれるのは、自分が被害者遺族であるためだろう。被害者遺族が死刑囚に面会を希望するなどごく稀《まれ》なことだ。自分もメロスの件がなければこんな所に足を運ぶことはありえなかった。職員も内心では厄介な奴が来たものだと思っているのかもしれない。

「拒絶されたのは拘置所の判断ですか？　それとも八木沼慎一の意思でしょうか」

「拘置所の判断です。以前は数日前に告知していましたが、死刑囚は現在、いつ死神の鎌が振るわれるかもしれないという大変過酷な状況にあります。絶望して逃亡や自殺を図る恐れがあり、施設の管理や秩序の維持に支障をきたす恐れがあるのです。死刑囚の心情の安定というものは厳格に守られる必要があります」

死神がどうこうという高尚な文学的表現以外は、判決文を引用したような内容だった。

「それは死刑囚によりけりなのではないですか。取り乱す者もいれば、粛々として刑場の露と消える者もいるでしょう？　彼は手記で明鏡止水のような状態にあると書いています。それに私たち被害者遺族にとって、死刑囚と会うことが多少の癒《いや》しとなる場合もあるように思いますが」

とりあえずそれらしく言ってみた。無駄な足掻《あが》きだ。

「ご遺族の方の感情につきましては我々も充分配慮すべきと考えております。ただやはり死刑囚の心情の安定ということを考えますと、こういう判断にならざるを得ません」

「要するにお役所仕事ですね」

拘置所職員は苦し気に微笑んでいた。菜摘はもう何を言っても無駄だと思った。しばらく押し問答が続いたが菜摘は矛を収める。わかりましたと言って立ち上がった。それを見て横に座っていた別の若い男性職員が言った。

「一つお聞かせください。被害者のご遺族が死刑囚に会いたいと言われるケースは稀なのです。ですから私たち、いえ私はとても驚いています」

菜摘はそうですかと気のない相槌《あいづち》を打つ。

「こういうことは言うべきでないのでしょうが、どういう経緯でそのような心境になられたのかお聞かせいただけませんか。そうすることが今後の拘置所運営にも資するかもしれません」

　さっきまで話していた年配の職員が不本意な顔を見せた。こんな問いは予測していなかったので菜摘は少し慌てた。

「冤罪は絶対に赦《ゆる》されへんって思うからです。寝覚めが悪いやないですか」

　そう言い残し、足早に部屋を出た。

　拘置所の外は静かだった。石和は八木沼慎一に面会中だ。普通の囚人のように何人か面会人がいて待たされることはない。三十分と時間も区切られている。待っていればすぐ来るだろう。

「すみません、沢井菜摘さんですよね」

不意に女性の声で呼び止められた。菜摘は横を向く。あごが細く背の高い女性がにこにこしながら立っている。どこかで見た顔だ。菜摘は面倒くさそうにええと言った。

「お久しぶり。真中《まなか》です。以前取材させていただいたわ」

それはジャーナリストの真中由布子《ゆうこ》という女性だった。三十代半ばで元アナウンサー。彼女からは三年前に取材を受けた。被害者遺族の声を伝えてもっといい社会を作りたいと言っていた。

「驚きました。どうして沢井さんがこんなところへ」

「真中さんこそどうかしはったんですか」

「私？　私は死刑囚について取材するために来たの。ここへは何度も通っているんです。信頼関係が大切だから」

「死刑囚には会えへんでしょう？　万が一会えたとしても記事にできないですし」

微笑みながら真中は答える。

「それでも取材する価値はあるわ。特に裁判員制度が始まるわけで、死刑について考えることは重要でしょう？　修復的司法についても色々と取材しているの」

「宗旨変えしはったんですか？」

怪訝《けげん》そうな顔で真中はこちらを見た。

「前は被害者遺族の声を伝えたい言うてはったやないですか。それが今は加害者の味方ですか」

「まさか、被害者遺族の方々への支援は大切だって今も訴えているわ。ただ最近あまりにも厳罰化の流れが大きいと思うの。死刑判決の数、あるいは死刑執行の人数見たらわかるわ。極端だもの。急に凶悪事件が増えているわけでもないのに」

その厳罰化の流れを作った一因はあなたにもあったんじゃないのと菜摘は思った。ただ皮肉は言わずに黙っていた。

「それより沢井さん、本当にどうしたの」

菜摘は思わず下を向く。だがすぐに顔を上げ、真中の方をじっと見つめながら言った。

「八木沼慎一に会いに来たんです」

「え、まさかと思ったけど本当にそうなの」

「それ以外ないって思わへんですか」

「会えたの？」

黙って菜摘は首を横に振る。

「でもどうして？　以前はあんなに憎んでいたのに」

驚いた顔を見せているが、その瞳《ひとみ》の奥はジャーナリストとしての興味で打ち震えているのだろう。かつて殺したいほど憎んだ加害者を赦す女性――癒しの物語としてさぞ受けがいいだろう。本当の思いはその癒しの物語というコンテンツの中で虚《むな》しくゆがめられ、消費されていく。

「あの手記が大きかったのかしら？」

「それはあんまり関係あらへんです」

「じゃあどういう意味かしら。詳しく教えて」

その時後ろから声がかかった。石和が出てきたのだ。険しい表情を浮かべている。真中は石和の顔を認めると菜摘に携帯番号を書いたメモを渡し、連絡してねと言って去っていった。

「今のは真中由布子ですね。まずいな」

「どうかしはったんですか、石和さん。険しい顔して」

「彼女は慎一君のことを以前記事で酷《ひど》く書いていたんですよ。あなたがこうして慎一君に会いに来たことを記事にされるとメロスがどう感じるかと思いまして」

「あまり関係ないと思いますよ。それより彼はどうでしたか」

その問いにすぐには答えず、石和は周りに誰かいないか気にしながら来た駅の方向を指差す。菜摘に歩くよう促した。菜摘はそれに応じゆっくりと歩き始める。

「それで慎一君のことですが、あなたが会いたがっていることを伝えたところ、驚いていましたよ。質問がありましたら今度来るときにお伝えしますが」

石和の言葉に菜摘は少し黙った。だがやがて口を開く。

「私は何かを訊《き》きたいっていうより、自分で直接質問してみてそれに対する彼の態度が見たかったんです。同じ質問でも、間接的に訊くのと相手の目を見て直接訊くのではちょうやないですか。別に読心術の心得はないけど、一度直接彼と話してみたかったんです」

菜摘の言葉に石和は一度うなずく。

「確かにそういう面はありますね。間接的に訊くだけだと誤解しやすい。勝手に相手を嫌な奴と決め付け、虚像を作ったり過剰に憎く思ったりしてしまう場合もある」

さっき真中が少し言っていたが、それを解消する方法が修復的司法なのだろうか。自分も臨床心理関係でちょっと勉強したが、よくわからない。菜摘はそのことを言った。

「被害者と加害者の対話というものは可能性を秘めています。事件直後は対話不能でも、長い時間が経ち、互いに考えが違ってくることもあります。加害者が更生したりしてね。勿論《もちろん》私もあなた方被害者遺族の方々とお会いし、その苦しみが簡単に癒えるはずがないことはわかっているつもりです。ですがさっきの真中氏の著作を読むと、被害者遺族はそんな更生など望まない、殺して欲しいんだって書いてあります」

　菜摘は石和のその言葉を聞いて思わず声が出た。

「その部分は正しいんちゃいます？　私かて」

「ええ、わかります。ただ加害者の更生に触れ、赦しとまでは行かなくとも気持ちが楽になる被害者の方もいます。死刑に反対される遺族の方もいます」

「それはごく一部の人やろ？」

「一部でもその意見は尊重されなくてはいけない」

　それはそうだ。菜摘はすみませんと言った。

「事件直後の被害者の方に加害者を殺すなと言うのは酷です。ですがその時の痛み苦しみが永遠ではない。その加害者の更生による癒しという可能性を、瞬間の苦しみから逃れるために潰《つぶ》してしまうのは私には不合理に見える」

「瞬間？　私は十五年も苦しんできました」

「言い方がまずかったですね。それは謝ります。でも沢井さんにだって可能性は残されていますよ。慎一君は……いえ、すみません」

石和のその言葉を最後に、しばらく二人は黙った。信号で歩みが止まる。妙に長く感じた。石和の考えは人を性善説的に見すぎている気がする。遺族の無念の思いは月日などで癒されるものではない。判断を先送りにして可能性とやらにすがっているだけではないか。ただそれでも一理あるとは思う。否定しきることは出来ない。

「さっきも言いましたが、私は八木沼慎一が本当に姉を殺したのかどうか、それだけを知りたいんです。石和さんはどうなんですか？　ホンマにあのメロスって人物からの電話は真犯人からのもので彼は冤《えん》罪《ざい》や思とるんですか。正直に言うてください。何パーセントくらい……」

「百パーセント冤罪だと思っています」

言葉の途中でさえぎり、石和はそう言い切った。その顔は自信に満ちている。

「沢井さんは事件の前から慎一君を見てきたんでしょう？　酷い人間だと思いましたか」

菜摘は首を軽く横に振る。ため息混じりにつぶやいた。

「彼は優しい人や思います。それだけでなくとても楽しい人。どこか悲しみを心の奥に秘めているのに、いつも笑顔で……」

そこで菜摘は言葉を切った。石和が興味深げにこちらを見ている。しまった。つい余計なことをしゃべってしまった——菜摘はそこで口を閉ざす。石和は残念そうな顔を見せた。二人はしばらく黙って歩くと、京橋から京阪に乗り込んだ。


石和は法律事務所のある祇園四条駅で降り、菜摘は一人で出町柳から家に帰った。

荷物を置くと、ふうと長い息を吐き出す。結局、今日の大阪拘置所訪問はまるで無駄足だった。あの調子では八木沼慎一から情報を得るどころか、面会すら百パーセント無理だ。百パーセントか……そういえば石和は百パーセント冤罪だと言っていた。あの自信は過剰な演技だったのだろうが、それだけ自分の行動に信念を持っているということだろう。

しばらくしてから、留守番電話のランプが点滅していることに気づいた。四件の用件があったが、全部空のメッセージだった。自分は仕事もプライベートも連絡はほとんど携帯だ。固定電話にかかってくるのはセールスの類《たぐい》がほとんどだ。まさかこれは……少し嫌な感じがあった。そしてシャワーを浴び、夕食の支度を始めるとその予感は当たった。

電話が鳴っている。菜摘は恐る恐る受話器を取った。

「お仕事は終わりましたか？」

つぶしたような声が聞こえた。菜摘ははっとする。やはりメロス――半年ぶりだがすぐにわかった。だがどうして今になって……菜摘は考える。もしかして今日、大阪拘置所を訪問したからなのか？　それを知っているのか――いや、仕事がどうこう言っている。偶然だろう。

「今日は仕事は休みでした。それより何なんです？」

「沢井さん、あなたのお姉さんのことを覚えていますか」

メロスの問いに菜摘は口ごもった。メロスは言葉を続ける。

「菜摘さんは、どうしてあんな殺され方をしたと思われますか」

その問いに菜摘は目を大きく開けた。あの時の情景が浮かんでくる。

姉の刺し創《きず》は十数箇所に及んでいた。人間のものとは思えないほどの悪意がそこにあった。抑えていた記憶がよみがえり、受話器を持つ手がわずかに震えた。姉の名前を間違えているのはわざとなのだろうか。

「私はあの時のことが忘れられない」

「なに言うとんの、この殺人鬼！」

「すいません、そういう意味ではなかったのです。あの時のことを思い出すと心が痛む——そう言いたかったんです。私は恵美さんの姿をとても正視できなかった」

メロスの声は震えていた。菜摘は一瞬で沸点をむかえた感情が沈静化していくのを覚えた。本当にこのメロスが姉を殺したという証拠などない。ただ姉のことを言い出されるとつい興奮してしまう。

「メロスさん、あんた自首するって言うたんとちゃうんですか」

「本当はすぐにでもそうしたいのです」

「そんなら早うそうしたらええのに」

「色々と障害があるのですよ。私一人の問題じゃない……」

そこでメロスは言葉を切った。菜摘も何も言わずに考えた。私一人の問題じゃない――どういうことだろう？　そういえば石和が言っていた。メロスは八木沼慎一の手記が出る以前から自首したがっていたと。本心なのだろうか？　いたずらだとすれば賞味期限が切れている。オオカミ少年のように思われることは明白だろうに、どういうことなのだろう？

「メロスさん、あんたが自首しはったらすべて終わるんちゃいます？　何で自首せえへんの」

「言っているでしょう？　できないんだ」

「ホンマにあんたが悪いって思うんやったら出来るはずやん」

「したいけどできん！　そう言うとるやろ！」

メロスは叫んだ。初めて聞く大声だった。なぜか関西弁が混じっている。菜摘は男性に怒鳴られると心の傷に触れられるように感じてしまうが、その大声にはただ驚くだけだった。支援センターを訪れる人々と同じ、深い苦しみからくる大声に聞こえたのだ。苦しみから逃れるために必死であがいている。本気でメロスは自首したがっている
――そんな気がした。

「わからない、どうすればいいんだ！　私は本当にどうすればいいのかわからないんだ！」

メロスは混乱していた。最初の頃の理性は何処に行ったというのだ。幼児がえりしたようにわけのわからないことを叫んでいる。どうしたというのだろう？　ただの演技なのか。だが演技などする意味は不明だ。菜摘はよくわからないまま問いを発した。

「メロスさん……本気なんですね？　本気で慎一さんを救いたいとあなたは考えている。彼が冤罪だから。そういうことですね」

「そうだ、そうなんだ！」

メロスは子供のように同じ言葉を繰り返した。時折むせ返り、洟《はな》をすする音が聞こえた。助けて、慎一くんを何とか助けたってと懇願してくる。菜摘は何が何だかわからなくなってきた。しばらく黙っていたが、メロスはやがて落ち着きを取り戻す。思い出したように言った。

「沢井さん、あなた例の台本を見たんですよね」

菜摘は遅れてええと言った。

「だったらわかるでしょう？　自首できないのはディオニスのせいだ」

ディオニス？　たしかそれは『走れメロス』に登場する王の名前だ。疑心暗鬼になって罪もない人間を処刑していく暴君。だがそれが一体どうしたというのだ？　菜摘の思考は高速で回転している。そして一つの考えが浮かんだ。それは共犯がいるというものだ。

共犯――その考えは今までもないではなかった。二人が殺されているのだ。一人より複数で行った方が犯行はたやすい。もし彼らが八木沼慎一にその罪をかぶせようとするならなおさらだ。ディオニス――

この人物こそが主犯……メロスの言いたいことはこういうことか。メロスとしてはすぐに自首したい。だが共犯であるディオニスが怖いから自首できない。

「沢井さん、お願いします……捕まえてください」

メロスの言葉に菜摘は待ってと話しかける。だがその時すでに電話は切れていた。


すぐに四条法律事務所に電話すると石和は留守だった。だがやがてすぐに携帯が鳴った。石和から携帯に連絡が来たのだ。事務所の人が知らせてくれたようだ。

「沢井さん、どうかなされたんですか」

菜摘はメロスから電話があったことを石和に話した。石和はかなり驚いた様子ですぐに詳しく話を聞かせて欲しいと言ってきた。石和は北区に用事があったようで、近くにいるという。二人は西陣郵便局の前で落ち合うことになった。

西陣郵便局は今出川通と千本通がクロスする辺りにある大きめの郵便局だ。菜摘は自転車で再び出かけた。家から五分ほどで着いた。まだ石和はいない。遅い時間だがキャッシュサービスはやっている。菜摘は郵便貯金から生活費を引き出し、駐輪場の辺りで待っていた。

やがて石和が現れた。汗だくかと思ったが意外と涼しい表情だった。

菜摘は自転車を引きながら、往来の少ない小道に入った。ここなら誰も聞いていないだろう。菜摘はさっきのメロスのことが頭から離れず、メロスは何を考えているんでしょう？　そう興奮気味に言った。

「わかりません、私もここへ来る途中で色々と考えたのですが、根拠の薄い推理でしか言えません。あえて言うならこういうことでしょうか？　自首しても時効なら罪に問われないわけですから、自首するとかえってメロスの身が危険になる……」

「裏切り行為とみなされるっていう意味ですか？」

石和はうなずいてからそうですと言った。

「見つかってしまったのならディオニスに言い訳もきく。しかし自首だとそうもいかない」

「少し苦しい説明やないですか？　石和さん、そちらでわかってはることを、全て教えてくれへんですか？　私は八木沼慎一のこと……

いえ、本当のことが知りたい！」

石和は口元を押さえ下を向く。菜摘は周りを見渡すと、誰もいないことを確認して強く迫った。石和は長い息を吐き出すと、わかりましたと言った。

「信じ難いかもしれませんが……」

石和は持田という青年の名を出した。仮釈放中の殺人犯に父と妹を殺され、今は持田を名乗っているが、本名は河西治彦だという。

「その殺人犯を弁護し、仮釈放にしたのが八木沼さん……慎一君のお父さんです」

菜摘は呆気《あっけ》にとられていた。十八年前の事件からずっと恨んでいたがゆえの犯行——あまりにも現実離れしている。だが持田という男と河西治彦が同一人物ならそのことも充分考えられるのではなかろうか。行き場のない怒りをどこかにぶつけたかったのかもしれない。持田は最近、八木沼慎一の父親と親しくなったという。二人が偶然知り合った可能性は低い。持田は故意に接近して来たと考えるべきだ。

菜摘はしばらく考えた。頭にはさっきのメロスの言葉が浮かんでいる。ディオニスのせいで自首できない――これは共犯者がいることを示しているのだろう。そしてあの話し方からすれば犯人は二人だけ。ディオニスが事件の首謀者であるという感じだった。そのことと河西親子のことがリンクする。親と子……首謀者と実行犯。

「まさかメロスとは河西治彦で、ディオニスは彼の母、河西沓子ってことなんでしょうか」

菜摘は言った。石和はうなずいた。

「メロス……いえこの場合ディオニスですね。彼女がボイスチェンジャーを使った説明もつきます。犯人が男と思われている中において、さすがに女性の声では不審に思うでしょうしね。ただ何故メロスは八木沼さんの所でなくあなたに連絡してきたのでしょう？」

その石和の疑問に、菜摘は推理で答えた。

「連絡係はディオニスと決まっとったんちゃうでしょうか？　メロスは八木沼さんの連絡先を知らなかった。ボイスチェンジャーも使えなかった。単独行動として私の家にかけてきたんやないでしょうか？　あれはそのままメロスの良心とみなすべきやと思います」

なるほどと石和は言った。

「首謀者がディオニスで河西沓子。実行犯がメロスで河西治彦。法律事務所や八木沼さんのところへかけてきたボイスチェンジャーの声は河西沓子だった。あなたのところへかけてきたのが河西治彦だった。母親は八木沼さんへの怒りをいまだに燃やし続け、息子は少し冷めている――そんな親子関係があるという推理ができますね」

「ただ私にはわからへんことが、別にあるんです」

菜摘の言葉に、不審げに石和は顔を上げる。菜摘は続けて言う。

「何故ディオニスなんでしょうか？　共犯者の呼び名としてディオニスは不自然やないですか？　メロスの友人、竹馬の友たる存在はセリヌンティウスです」

「えらく細かいところにこだわりますね」

石和は笑った。だが菜摘が真剣な表情でいるのを見て、素早く人懐っこい笑顔をひっこめた。

「深い意味はないんじゃないですか？　ディオニスという名前が使われたのは初めてです。事件当時は違っても、今は信頼関係はなくなったわけです。とてもセリヌンティウスとは呼べない。共犯者こそが悪なんだという意味を込めてディオニスと呼んだんじゃないですかね」

「ううん……そうなんやろか」

会話がそこで途切れた。確かに持田が河西治彦だとわかった現状でこんなことにこだわる必要はない。今は彼に今後どう接するかが問題だろう。ここまでの話で菜摘は気づいていた。それは一つだけ事件を大きく進展させる方法があることだ。ただ多分それは石和も気づいているだろう。菜摘は自分の口から切り出した。

「石和さん、八木沼さんに会いたいです」

石和は驚くが、すぐに笑みを浮かべた。待っていましたと言わんばかりの笑みだった。

「八木沼さんと持田ぃう人が話しているのを私が聞けば、彼の声と私のところへかかってきた声を比較できます。もし同じやったら事件は大きく進展すると思います」

「その通りです、沢井さん。私もそれが言いたかった」

石和はメモ帳を取り出し、なにやら書くとちぎってこちらに渡した。

用紙には淀《よど》駅周辺の地図が描かれている。

「それでは日曜日、淀駅の近くにある『ウイニングステージ』という喫茶店に来て頂けますか？」

「『ウイニングステージ』ですね、ええ」

「沢井さんと私はあくまで一般客として乗り込みます。ここの店は大学時代の知り合いが経営していましてね。適当に事情を話しておけば隣の席に座れるはずです。私から八木沼さんに話してそこで待ち合わせするように頼んでおきます」

「わかりました、それでは日曜日に」


十月二十六日、今日はＧＩの菊花賞がある。電車は客が多く、臨時バスが出るなどいつもの休日とは雰囲気が違っていた。競馬新聞を手に持ったいかにもという人々が続々と乗り込んできている。半分くらいを学生風の若者が占め、あとは様々な年齢層の客が乗っている。日雇い労働者風の男性、カップルや子供連れで来ている人もいる。

到着のアナウンスにほっとすると、菜摘はようやく人いきれから解放された。そのまま流れに押し出されるように改札口を出た。菜摘は定期的に吐き出される乗客の波を避け、メモ用紙を取り出す。競馬場とは逆方向にある『ウイニングステージ』に向かった。

その喫茶店はいかにも競馬好きの集まる店という趣だった。中に入るとよく知らない馬の写真やフィギュアが所狭しと飾ってある。京都の刺客だなんだと書かれている。競馬ファンにはお馴染《なじ》みなのかもしれないがさっぱりわからなかった。

「沢井さん、こっち、こっち」

窓際の観葉植物が飾ってある席に石和がいた。菜摘は手招きされてその席に着く。おそらくここのもう一つ奥の席に八木沼悦史氏と持田が座るのだ。一度だけ大きく深呼吸をした。

「レコーダーを持ってきました。仮にこの場で聴き取れなくても後でよく聴いてもらいます。八木沼さんはさっき家を出たそうです。淀までたった一駅。すぐ来られると思います」

八木沼悦史氏は八木沼慎一の父親だ。これまで菜摘はまともに話したことがない。自分の弁護した男が仮釈放中に殺人を犯し自殺――それはさぞこたえただろう。被害者遺族の視線が大量に降り注ぐ矢の雨となって彼を貫いたのだろう。だがはっきり言ってそれは彼の責任ではない。そのことを恨み、その息子たる八木沼慎一を陥れるために姉や長尾靖之を殺すなど正気の沙汰《さた》ではない。この推理が正しいのならメロスもディオニスも異常だ。

「菊花賞にはいい思い出があるんですよ」

菜摘の思いを他所《よそ》に石和が語りかけてきた。

「十五年前、私はこの頃司法試験に合格しましてね。あの頃はすべてついていました。ビワハヤヒデから二点に流して菊花賞をものにしましたよ」

菜摘は何の興味もなく心のこもらない相槌《あいづち》を打ち続けた。

「石和さんって何で結婚しはらへんの？」

その言葉に一瞬石和は固まった。

「そんなことはいいじゃないですか、それより馬の話ですよ。当時ステージチャンプという馬がいましてね……」

「来はったみたいですね」

窓の外を見ながら菜摘は言う。石和は入口を見つめた。カランコロンと鈴の音がして白髪で背の高い男が入ってきた。重みのありそうな手提げバッグを持っている。今日配るビラが入っているのだろう。八木沼悦史氏はこれから戦う弁護人の目をしていた。

「八木沼さん、奥の席にどうぞ」

わかりましたと言って八木沼は奥の席に向かおうとするが、菜摘に気づいた。菜摘は声をかけようとするが出てこない。それは八木沼も同じようで、二人はしばらく見つめ合っていた。

# 3

その女性はまるで少女のようだった。

束ねられた黒髪に白い肌、黒目勝ちの瞳《ひとみ》に深緑のワンピースがよく似合う。化粧っ気は少なく薄紅をさしたように頰が少しだけ赤い。石和は綺麗《きれい》な女性になったと言っていた。そうかもしれないが自分から見ればまだあどけなさの残る少女のように感じる。八木沼は沢井菜摘に礼をした。慎一が犯人とされる事件の被害者遺族だ。なんと言っていいのかわからず、ただ自分の姓名だけを口にした。

「八木沼悦史といいます」

八木沼は奥の席に着くと、ミックスジュースを注文して石和たちの方を向いた。菜摘との会話が進まないことを危惧《きぐ》したのか、石和はいつもの人懐っこい笑みを浮かべながら様子をうかがっている。だがそんなことは杞憂《きゆう》だとばかりに菜摘は居住まいを正す。切り出した。

「私は慎一さんの冤罪《えんざい》を信じとるわけじゃありません。ただひょっとしてそうなんやろかと心が揺れています」

「あなたの家庭教師をしていたと聞きました」

「ええ、とてもわかりやすくて楽しかった。私は当時、中二やったんですが教科書に載っていた『走れメロス』、例の作品についても習っとりました」

その名前を出したのは、事件について突っ込んだ話をしようという意思表示なのかもしれない。八木沼はそれを感じ取り、今重要なこと……持田、すなわち河西治彦は本当にメロスなのかということについて自分の意見を述べた。

「私は実はディオニスが河西沓子さんであるという考えには反対なんです。実際に会って話を聞いた感触です」

「でもそれは演技の可能性も」

石和が割って入ってきた。八木沼は二人を交互に見ながら話した。

「それは考えました。でもやはり、ないように思います。河西治彦の母親は、訪ねて行った私を迎え入れました。彼女にメリットはないでしょう。門前払いを食らわせればいいだけの話です。それなのに、わざわざ私に息子の治彦のことも話してくれたんです」

「いずれ知られると思い、先手を打ったのかもしれません」

確かに石和の言うこともありうるだろう。だが八木沼にはそんな具合に深読みをすることは出来なかった。河西沓子はあまりにも無防備に過ぎる。まさか自分に疑いが向くことはないと高をくっていたのかもしれないが、それにしても無用心だ。

「メロスが二人いるってことについてはどう思われます？　片方はディオニスですが」

菜摘の問いに、八木沼は少し考えてから答える。

「それはありうるでしょう。そして複数犯と考えるなら先ほど言われたように河西沓子が怪しいと考えるのは自然です。でもディオニスは河西沓子とは違う誰かのように思えるんです」

少し不満げな表情で菜摘は言った。

「十八年前の怨恨《えんこん》説は、八木沼さんが考えはったものでしょう？　その理屈で行くなら、ディオニスは河西沓子しかありえへんのとちゃいますか？」

「それはその通りだと思います」

「私は先日、メロスから連絡を受けました。その時私は十八年前の事件なんて知らへんかった。そやから石和さんにその事件のことを聞いて驚いたんです」

思いのほか積極的に彼女は訊《き》いてくる。語気は荒くはないがその瞳には真実に迫りたいという思いが滲《にじ》み出ていた。彼女は大阪拘置所を訪ね、慎一に会いにも行ってくれたという。犯罪被害者遺族であるのに——その真剣さに少し胸が熱くなった。

「お飲み物、お持ちしました」

ミックスジュースが運ばれてきた。コップに馬の頭を模したバナナが添えられている。見方によっては卑猥《ひわい》にも映る。ストローでかるくすすると意外とさっぱりしていた。ウェイターの作り出した間を使って、石和が時計を見ながら話題を変えた。

「八木沼さん、持田は何時ごろ来るんですか」

「二時からビラまきをする予定ですし、そろそろ来ますよ」

「じゃあこれを渡しておきます。ここのボタンを押してくれれば録音開始です。彼が来たらこのぬいぐるみの下に置いてください。ここなら音は拾えます。実験しましたから。外に出るときには置いて行ってください。不自然な動きはしない方がいい。私が回収しておきますから」

ボイスレコーダーを受け取ると、八木沼は窓際を見た。茶色い馬のぬいぐるみが置かれている。サクラローレルと書かれた緑色のゼッケンをしていた。

持田が現れたのは、ミックスジュースを三分の二ほど飲み終えた頃だった。馬の頭はすでに胃の中だ。予定の二時を十五分ほど過ぎている。八木沼は指示通りボタンを押す。ボイスレコーダーを天皇賞馬の愛らしいひづめに隠し石和の方を向く。石和は黙って一度うなずいた。

「遅れちまったな、悪い」

手招きをすると、持田は底の厚いブーツの音をさせながら近づいてきた。いつもの革ジャンには用途不明の鎖がジャラジャラと付いている。相変わらずの金髪でくちゃくちゃとガムを噛《か》んでいた。八木沼は座れよと言わんばかりに椅子を指差す。

「俺はいいよ、さっさと配ろう」

「一応座り賃くらいに注文したらどうだ」

噛んでいたガムを灰皿に吐き出し、持田はしぶしぶといった感じで言った。

「じゃあコーラでいいや」

注文を受けに来たウェイターにメニューを渡すと、持田は事件について話を始めた。彼も色々と調べているらしい。ただ真新しい興味を引くようなことはしゃべらなかった。持田は一度サクラローレルのぬいぐるみに目をやったが、あまり関心なさそうに目を逸《そ》らせた。

八木沼は隣の席が気になって仕方がなかった。怪しまれると思って自重していたが、ちらちらと眺めた。菜摘は考え込んでいるように見える。持田の声とメロスの声、判断がつかないのだろうか。受話器越しに多少の声色を使っていれば聞きわけられないかもしれない。

「それじゃあ、行こうぜ」

コーラを飲み干し、氷まで噛み砕くと持田は立ち上がった。時間は既に二時半だ。ビラを配る時間はあまりない。菊花賞の人出がビラ配りのターゲットなのだから、これ以上話を引き伸ばすのは不自然だろう。八木沼はビラを入れた袋を持ち、勘定を済ませると一度喫茶店の中を振り返る。後を石和たちに任せて淀駅へと向かった。

一時間以上配ったが、涼しくなってきたので体力的には問題なかった。菊花賞は終わり、帰りの客が次々と淀駅に向かってくる。ただこの日はいつもとは違う。色々な思いが交錯している。石和と菜摘はどうしているのだろう。メロスと持田が同じ声だと判断は下せたのか。

「よろしくお願いしまーす！」

腹から声を出して持田は訴えている。声の出し方を聴かれ八木沼はベルカント発声方式を伝授してやった。いんちきだがなという一言は付け加えておいたが。やけ気味にも聞こえるが、持田の声は中々渋みのあるバリトンだった。

「無実の死刑囚を救うのにご協力くださーい！」

「あーやかまし、クソむかつくわ！」

一人の中年男性が勝馬投票券を丸めて持田に投げつけた。距離が近かったのでそれは持田の頭部に命中し、一瞬持田は顔をしかめた。八木沼は驚いて近寄るが、持田は何も言わずにその馬券を拾い上げゴミ箱に捨てた。そして何ごともなかったかのようにふたたび声を張り上げている。その様子を見て八木沼は何も言えず、しばらく黙って持田を眺めていた。

持田はどういうつもりでこんなことをしているのだろう。アバンティ前でビラ配りを始めたのは二年以上前だ。逆に持田が歌い始めたのは出会う少し前。自分の姿を見て持田、いや河西治彦は路上演奏を始め、自分に近づくきっかけを探していたのだろう。そこまではわかる。だがビラ配りに協力する必然性など皆無だ。また新聞販売所を訪ねてあっさり正体がわかってしまったことも不可解だ。彼の母親と同じで脇が甘すぎる。

その時、華奢《きゃしゃ》な女性が持田に歩み寄りビラを受け取った。受け取ってくれる人が少ないので持田は大袈裟《おおげさ》にありがとうございますと言っている。その女性は束ねた長い黒髪に緑色のワンピース——沢井菜摘だった。ビラを受け取った彼女は持田になにやら話しかけている。直接その声を聴きたいと思ったのか、無謀な真似をする。どうするつもりだ——そう思いつつ八木沼は近寄って二人の話に聞き耳を立てた。だが人の波に阻まれまるで聴こえなかった。

しばらく二人は話して別れた。菜摘は淀駅の中へ消えていき、持田はそれをしばらく呆然《ぼうぜん》と見送っていた。どうした？　気になって仕方がなかったので八木沼は持田に訊ねる。

「俺もよくわかんねえんだよ。あの姉ちゃんメロスがどうとか、わけわかんねえこと言ってた。ちょっとおかしいんじゃねえの」

持田はこめかみの辺りを二度ほど叩《たた》いた。菜摘は直接持田に聞き質《ただ》したようだ。持田はとぼけているようにも思える。だがこの反応だけでは彼がメロスなのかどうなのかはわからない。菜摘にはわかったのだろうか。

「それよりおっさん、気になることがあるんだよ」

持田は小声になった。ちらちらと背後を見ている。親指を立てて後ろを指差した。

「あのアパートの屋上見てみろ、グレーのアパートだ。誰かがこっちにカメラを向けているぞ」

八木沼はできるだけ自然な格好でその方向を見る。だがよくわからなかった。

「よく見てみろって、まだいるよ、多分二人だ」

二人というところに八木沼は反応した。ゆっくり近寄ろうとする。後ろから持田も続いた。

「降りてきた様子はないから、隠れているんだ。堂々と上がっていけば袋のねずみだ」

「わかった、こっちも二人で行こう」

八木沼たちはビラ配りを投げ出してそのアパートに向かった。天使突抜のマンションのように施錠されているわけではない。すんなりと上がれた。屋上には物干し台があり、二人の男女がいた。男の方はハンディカメラを持っている。

「何やってんの？」

持田が声をかける。二人は驚いた顔をこちらに向けた。

「見つかっちゃったかな」

女性は外国人のようにおどけて両手を広げた。ジャーナリストの真中由布子だ。

真中は以前慎一の事件を取り上げ、著書でこっぴどく書いたことがあった。慎一についてあまりにもうがった捉《とら》え方をしていた。八木沼も当然良くは思っていない。だがこんなところで自分たちの姿を勝手に撮るとはどういうつもりなのだ。

「今度テレビ局で特集を組んでもらおうかと思いまして。息子の冤《えん》罪《ざい》を晴らそうとする父親の姿を追ったドキュメンタリー――タイトルはそうね。『それでも息子はやってない』かな」

悪びれずに真中は言った。

「なんだそりゃ、映画のパッチもんじゃねえか」

オリジナリティを攻撃する持田の言葉を無視して、真中は八木沼の方を向いて言う。

「こうして取り上げることにマイナスはないんだし、賛同していただけますよね？」

「やるなら先に許可とってからやればいいだろ」

横から持田が口を挟む。

「あなたには訊《き》いていないの、それにこうやって素人が撮ったような映像の方が多分訴える力があるわ」

そう言って真中は助手の持つハンディカメラを人差し指で弾《はじ》いた。子供の運動会の様子を撮るような普通のカメラだった。

「あなたは被害者第一主義なんでしょう？　司法は全て被害者のために存在すべき、人権派弁護士の跳梁《ちようりよう》を許すな――たしかそんなことをおっしゃっていませんでしたか」

八木沼は抑えた口調で訊いた。真中はそれに応じる。

「ええそうです。でも去年からの処刑者数は異常です。処刑される数が二桁《けた》に達するのは三十二年ぶりのこと。慎一さんもいつ執行されてもおかしくない。それが現実。私は死刑制度には賛成だけど、その執行は抑制的でないといけないと思っているんです。だから今の風潮に何とかして歯止めをかけたいんです。お金や売名行為でやっているんじゃない。わかってください」

八木沼は口を開きかけたが、持田が先に言った。

「勝手なことを。あんたらが被害者の怒り苦しみを伝えると言いながら視聴者をあおったんだろうが！　被害者感情から甘い汁を吸うだけ吸い出しやがって！　死刑にして欲しいですか、殺してやりたいですか――そういった問いは、ほとんどが『あなたは苦しいですか？』って問いの焼き直しに過ぎねえ。答える方の返事は当然イエスだ。殺してやりたい。八つ裂きにしてやりたい。そう答えるわな。だが被害者は本当は殺したいんじゃない、苦しみから逃れたいんだ。その辺りをてめえらは意図的に混乱させてこれが被害者の真の声だ、被害者感情一丁あがりみたいに言っているんだろ!」

持田は思いのほか怒りを見せた。彼の言った言葉は八木沼が以前彼に言ったものでもある。ただこんな激昂《げきこう》した持田を見るのは初めてだ。

「安っぽい学生のノリだけで運動しているような人に言われたくないわね。私はわざわざ安定した高給を捨ててこの仕事を選んだんだから。命を賭《か》けているのよ」

「ふざけんな、てめえは何もわかっちゃいない!」

「もういい、やめるんだ」

八木沼は今にも殴りかからんばかりの持田を抱きかかえた。持田は目に涙をためている。その涙を見て八木沼は胸が締め付けられる思い

だった。この男がメロスのはずがない。そうだ、真中にはわかってい
ない。この男は誰よりも苦しんできた。この男もその母親もこの世の
苦しみ、そのマキシマムを味わってきたのだ。
「放送に使っても構いませんよね？　八木沼さん」
振り返り真中の方を向き、八木沼は答える。
「好きにしてください」
「おっさん、いいのかよ」
「いいんだ。どんなことでも慎一のためになるなら。悲しいことだが
こうやって地道に活動するより、テレビで取り上げてもらった方が効
率はいいに決まっている。今は悪魔にだって魂を売り渡したって構わ
ない」

持田は黙って八木沼を見つめていた。一方真中は髪をかき上げてから言った。

「私は悪魔なんかじゃない……いえ、まあそれはいいわ。確かにマスコミは巨大権力ね。検察、警察だけでなくマスコミがその気になったら人一人抹殺するなんて簡単なこと。すぐ殺せ殺せっていう連中はこういう権力ってものの怖さを知らないのよね。自分には関係ないから言える」

その後も長台詞《ながぜりふ》を吐く真中を背に二人は階段に向かった。持田は真中を睨《にら》んでいる。階段を二段ほど降りたところで八木沼は立ち止まった。

「どうした、おっさん」

その持田の声に八木沼は答えない。もう一度階段を上ると真中に向かって歩き出した。

「人質による強要行為等の処罰に関する法律第四条、人質殺害罪は死刑か無期懲役しかない。ただの殺人より罰則は厳しい」

その八木沼の言葉を聞いて、真中は呆気《あっけ》にとられていた。

八木沼は言葉を続けない。犯人はメロスとディオニスだ！　そう叫びたい思いをかろうじて抑える。このことを告げれば真中は飛びつくだろう。そしてそれは大きくマスコミで取り上げられ、慎一の死刑執行の抑止になるかもしれない。だが気になるのはメロスのことだ。時間は経ってしまったが、あの約束はまだ反故《ほご》にされたわけではない。自分の中にまだメロスを信じたい思いが残っている。八木沼は言葉を変えた。

「実はさっきまで真犯人と疑っていた人物がいたんです。だが今はその疑いは消えてなくなっています。手掛かりの糸はプツリと切れた。すがる藁の一本すらない。それが今の状況です」

言うだけ言って踵《きびす》を返した。真中由布子は啞然《あぜん》としている。そしてそれは階段のところで待っていた持田も同じだった。

八木沼は持田の肩を叩く。階段を降りたところで話しかけた。

「すまなかったな、お前さんが河西治彦だとは知っていた」

うつむいたままだったが、持田は確かにピクリと反応した。

「さっきお前さんに話しかけた女性は沢井菜摘という名前だ」

「沢井菜摘って……」

「そうさ、事件の被害者遺族だよ。私たちは疑っていたんだ。お前とお前のお袋さんが十八年前の恨みを晴らそうとしているってな。あまりにも馬鹿げた妄想さ」

持田は黙っていた。一度大きく息を吸い込み、こちらを見る。八木沼は目を逸《そ》らすと今日のビラまきは終わりだと言って歩き始めた。

「おっさん……何処行くんだよ？」

「競馬場さ、五百円ほど賭けてた」


人の流れに逆らって二人は進んだ。京都競馬場は祭りのあとの余韻に包まれている。パドックの近くにはもう殺せやと言って地面に寝そべっている中年男性がいる。そうかと思うとおいしそうに焼きたてのメロンパンを食べている親子もいる。Tシャツを着て踊り狂っている若者もいた。ＫＩＫＫＡＳＹＯＵと胸にプリントされた原価と定価に差のありそうなTシャツだった。

「にわかブルジョワめ」

持田がつぶやいた。そのつぶやきに少しおかしさを感じ、八木沼は口を開く。

「色んな人がいるな」

そうだなと応じて、持田は目を伏せた。ただ何か言いたげなのはわかる。何故自分に近づいたんだ？　そう問わないことが彼を苦しめているのだろうか。仕方なく八木沼はメロスやディオニスのことを切り出した。持田はそれを聞いて驚いている様子だった。だがしばらくするといつもの調子を取り戻したように言う。

「それだったら、疑われてもしゃあねえな」

「怒らないのか」

「何をだ？　逆の立場なら俺だって疑う。逆によ、おっさんが今俺を疑ってねえってことが不思議だ。訊きたいよ、何故俺を疑わないのか」

「人の理性的な欲望のためさ」

なんだそりゃ？　持田はビッグスワンを見上げながら言った。

「食欲、性欲みたいな動物的な欲望とはちょっと違う欲望のことを言っている。人が理性的な存在であるための欲望とでもいうかな。その根源は何も考えないこと、思考を止めることとさ。人を疑うことはつらい。つらいからやめて何も考えないでいたい。だがそれでもどうしても疑わないといけない時もある。自分や大切な者の命を守るためにはな」

「そりゃそうだ。だがそれが過ぎると疑心暗鬼になる」

「ああ、半年前から私は邪智暴虐の王ディオニスの状態だった。道行く人がみんな真犯人に見えた。こんな私を眺めて心の中で舌を出しているんじゃないかって思えた。私から笑顔が消えたんだ。そんな私に人を信じること、微笑を少しでも取り戻させてくれたのがお前さんだった」

くさい台詞と馬鹿にすると思ったが、持田は真剣な表情だった。特に何を言うわけでもない。じっとこちらを見つめている。二人はもう少し歩く。勝馬投票券やシートの飛散した投票所を抜け、階段を上がる。すっかり客のいなくなったただっぴろいスタンドの端っこに腰をかけた。巨大なターフビジョンには何も映されていない。

「そんなことで信じていちゃ、騙《だま》されまくりじゃねえか」

「心から信じられると思った人間には裏切られた経験がない」

「成功体験ってヤツか？　いつか裏切られる」

「かもしれん、これも一つの思考停止欲求に負けた形かもな」

「慎一さんのことも信じているんだよな」

もちろんと八木沼は即答する。

「俺を信じてくれたことも間違ってねえよ。俺はメロスでもディオネスだったかでもねえ、河西治彦ってただのプータロー様だ」

持田はそう言って立ち上がる。

「あんたに近づいた時、確かにふくむものはあったんだ。ネットでさ、京都駅でへんなおっさんが冤罪《えんざい》を訴えてビラ配りしてるってのを見たんだ。それで詳しく調べたらかつての弁護士だった。だから嫌がらせっていうか嫌味の一つでも言ってやろうかと思ったんだ」

「お前さんが私を恨むことは当然だ」

「だけどあんなに真剣になってビラ配りしてるあんたを見てそんな気は失《う》せた。マジで胸が痛んだよ。少しでもそんなことを考えたことに対してすまなく思った。あんたの家に行った時もそうだ。俺の家族の写真が飾ってあった。あんた……今も忘れないでいてくれたんだよな」

八木沼は小さくそうかとつぶやいた。持田は続けて言った。

「憎む対象がいなくなっちまったからな。神谷の野郎は自殺しちまうし、あいつの家族も何人か自殺した……野郎は何回殺しても飽きたらねえ。でももういねえんだよ、遠い所に逃げちまった。結局被害者遺族にとって犯人ってのは道端に落ちた泥まみれのパン切れみたいなもんだ」

「お前さんらしくない表現だな」

八木沼は軽く笑みをたたえて言った。

「牧師が言っていたんだよ。俺のせいじゃねえ」

「悪いことしたみたいに言うやつだな。それにお前さん、クリスチャンだったのか」

「ああ、ミドルネームはフィッツジェラルド……なわけねえだろ、被害者遺族のためにって頼みもしないのに来やがったんだよ」

さっきの言葉の意味を教えてくれ――少し気になって八木沼は訊《たず》ねた。

「汚ねえパンなんぞ普通は食べねえが、飢えていたら食うしかねえ。がつがつとな。その状態が被害者遺族の状態なんだと。犯人を死刑にしても空腹は埋まらない。一時の飢餓状態から脱するだけでかえって腹を壊すかもしれない。お前にはそんなパンの一切れもない。だがそれを嘆くな、決して死にはしない。飢えに耐えてもっといい食い物を探すんだって言っていた」

「格好のいい表現だな」

「俺的にはどっかのアニメヒーローの頭みたいって言って欲しかったな。僕の頭を食べなよって言われてもちょっとな。腹が減っていてもあれはさすがに食えねえよ」

八木沼は軽く笑うと意味もなくターフビジョンを眺めた。持田がそれを見て言う。

「マンガやアニメでは悪役は二つのパターンに分かれる。一つはどうしようもねえ救えねえ悪、もう一つは理由のある悪だ。そして理由のある悪には犯罪被害者遺族が多いんだ。被害者の無念を晴らすために復讐《ふくしゅう》を誓う――そんなパターン。そういった悪は主人公に同情されるんだが、結局やられちまうんだよ」

八木沼は黙って話を聞いていた。

「その時、敵役はたいていこう言う。死んでいった者たちのために自分は殺すのだと。だが主人公はこう言い返す。死んでいった者は復讐など望んでいない、あんたが幸せになることを望んでいるんだってな。そして戦闘や推理合戦に敗れた敵役は自分の間違いに気づき泣き出す――これが黄金パターンだ」

「何が言いたいんだ？」

「そんなもんじゃねえってことさ、被害者の思いは酷《ひど》くゆがめられている気がする。それじゃあ暴力を死んでいった者のせいにしてるだけじゃねえか、自分の痛みとして捉《とら》えていねえ」

八木沼は思う。そういう単純な描写が好まれるのだろう。

「被害者の痛みと、それを加害者にぶつけること――この二つがあんまりにも単純に結び付けられすぎているんだよ。結局復讐行為は痛みをどこかにぶつけて束の間の快感で満たすだけ。物に当たるのと何らかわらねえ、こんなことはもっとはっきり駄目だというべきなんだ。余計に痛くなる。麻薬の禁断症状が出て苦しんでいる人間に、麻薬を打てって勧めているのとかわんねえよ」

「牧師の言うとおりというわけか」

「ああ、むかつくがな」

そう言って持田は唇を噛《か》んだ。この青年は思ったよりもずっと深く物事を考えている。普通被害者遺族はこうは思えない。極刑が存在すれば、望むことは当然だ。それ以上の思考を要求するのは酷というものだ。持田はたまたま出会ったその牧師とやらに救われたのだろう。

「みんな真剣に考えていないのさ、痛みと人を殺すことの関係について。俺は死刑ってもんが必要なのかどうかはわかんねえけど、少なくとも真剣に考える気はある。それについて責任を負う覚悟もある。けどその思いを利用しようとする奴には虫唾《むしず》が走るんだ」

言いたいことはよくわかる。被害者感情を軽視した死刑廃止論の綺《き》麗《れい》事には辟易《へきえき》するが、被害者感情を利用して被害者加害者の対立をあおることにも腹が立つということだろう。

「責任と言ったか？　どういう意味だ？」

「慎一さんが言ってたことと同じさ。人に死を突き付けるならそれは国民みんなでやるべきだってこと。嫌ならやめちまえ。金がかかろうが人の命に比べりゃしれたもんだろ、閉じ込めておけばいいだけのこと。仮に冤罪で慎一さんが処刑されたら、慎一さんを殺した俺らみんな死刑だ、それくらいの覚悟でやれってこと」

大袈裟《おおげさ》だなと八木沼は笑った。だが持田は笑わなかった。そのおかしな間を埋めるようにメロディが流れた。八木沼は携帯を手に取った。

「石和ですが、今よろしいですか」

「ええ、誰もいません」

持田は少し驚いた顔でこちらを眺めた。

「残念ですが、沢井さんの話では持田とメロスの声は違うようだということです。百パーセントではありませんが」

そうですか――八木沼は言った。

「また振り出しに戻ってしまいましたね」

力なく八木沼は携帯をしまった。持田は行くかと言った。八木沼はうなずき二人は競馬場を出て淀駅に向かう。複雑な心境だった。やはり持田は白。それを喜ぶ思いと同時に寄りかかっていたロープが断ち切られる思いもある。何だかんだと言いながら自分は誰かに慎一の罪をなすり付けたいのだ。だがメロスとディオニスは確実に存在する。その思いは揺るがない。まだ希望は残されている。その思考が多少心地よく感じられるためか、八木沼の思考はそこで止まった。

4

師走《しわす》になり、激動の平成二十年も暮れようとしていた。

思えばこの一年、多くのことがありすぎた。ただそのほとんどが十五年前の事件がらみだ。メロスとディオニス――真犯人が本当にいるのかどうかが全てと言っていい。その日も菜摘は仕事の帰りに四条法律事務所を訪れ、石和と会っていた。

「メロスからは何も言ってきませんか」

石和の問いに菜摘ははいと答える。飾られた渡辺弁護士の肖像画をちらと見た。

「何かしら動きがあると思ったんですがね」

「動いたのは、私の私生活くらいです」

菜摘の言葉に、石和は少し恐縮した表情を浮かべる。

息子の冤罪を晴らすべく活動する父親のドキュメンタリーが十一月下旬に放送された。八木沼がホームレスの元を訪れたり、ビラ配りをしたりする様子が映し出されていた。ただ内容は比較的穏当なものだった。こういう死刑囚の家族もいるという感じのドキュメンタリーだ。その中で菜摘も取り上げられている。渋ったが、真中由布子に強引に出演させせられた。

「まさかあの程度の出演でこの反響とは」

「こういう世界は熱しやすく冷めやすいですから、多分来年になったら私なんてああそういえばそんな奴おったなあ、くらいになっとると思いますけどね」

反響はすごかった。八木沼慎一の手記が発表された時の比ではなかった。十五年前の事件とは何の関係もない週刊誌記者やテレビ局の取材が舞い込み、収拾がつかなくなっていた。こうなった原因はネットにある。放送直後はそうでもなかったのだが、菜摘の動画がネットで流されると爆発的に広がった。動画はドキュメンタリー本編のものだけではない。舞台でメロスの妹役をやった映像も何故か流されていた。菜摘のアスキーアートが作られ、よくわからないキャラクターにされていた。自分ではそこまで容姿が優れているとは思わない。だが犯罪被害者側に一定レベルの容姿という付加価値がつくとその価値は飛躍的に高まるらしい。

初めは可愛いなどと書かれることに嬉《うれ》しい思いもあった。だがそれが常軌を逸し、アイドルのように扱われ始めると事情は変わる。大手掲示板では自分の名前を冠したスレッドが幾つも立ち、事件のことはそっちのけで性的な妄想が書き連ねてあった。また偽善者は死ねという手紙と共にカミソリが送られてきたり、ストックホルム症候群だ、スポットライト症候群だなどと的の外れた批判が寄せられたりもした。確かに自分は演劇が好きだ。それは見られること、注目されることが好きということでもあろう。だが自分はそんなつもりで活動しているのではない。誰があおったのかは知らないが、菜摘はさすがにここまでの反響は予想できなかった。

「ストーカー対策も講じないといけませんね」

石和の言葉に菜摘は返事をしない。正直もうこの話は食傷気味だ。それより事件についてもっと前向きな話がしたい。菜摘は気になっていたことを切り出してみる。

「こちらには何か有力な情報は？」

力なく石和はいいえと答えた。

「ところで再審請求はしはらへんのですか」

「新規の証拠が見つかったとまでは言えないですからね」

「メロスからの電話は証拠にはならないんですか」

「真犯人しか知りえないことを言っていたわけでもないですしね」

その言葉を聞いて菜摘は胸が痛んだ。しばらく考える。台本のことを言いそびれたことが今も重くのしかかっている。石和はどうかしましたかと訊《き》いてきた。駄目だ、こんなまま八木沼慎一が処刑されては一生後悔する。そう思い口を開く。

「もしメロスが殺害現場のことを知っていたら、再審請求は通るんですか」

「内容によりけりでしょう、偽装も可能ですし。はっきりした物証があれば別ですが」

「偽装ってどういうことです？」

「メロスたちからの電話、あれは執行を逃れるために私が知り合いに情報を流してかけさせたと考えることも出来ます。ネットで私は渡辺先生以上の悪役にされていますよ。死刑回避のためになんでもやる最低の弁護士ってね。私はこれまで無茶なことはしたつもりはないんですが、渡辺先生の負の遺産ですかね。ネットといえば私のアスキーアートが似すぎていて笑ってしまいました。本物よりそっくりってヤツですか。彼らもこんな才能を他の所に使えばいいのに」

軽口を叩《たた》いた石和はばつの悪そうな顔を向けてきた。

「はっきりした物証があればいいんですがね。例えば犯行時に使った果物ナイフとか。私は真犯人がいると確信していますが、もっと決定的な証拠が欲しいんです」

「でも再審請求中は死刑執行はやりづらいんでしょう？」

「まあそうですが」

「年末は危ないって聞きましたけど。それに調べたら何人かの死刑囚が最近、再審請求してるみたいやないですか」

その問いに石和はうんざりした顔を見せた。そんなことは素人に言われなくてもわかっている。弁護人として何度も考えた上での判断だと顔に書いてあった。

「再審請求準備中だから執行は待ってくれって法務省に要望書は出

していますよ」

「そやったんですか。でも再審請求やないんでしょ？」

「不本意ながら、例のドキュメンタリーが死刑執行の抑止になってくれるかもしれません」

「冤罪《えんざい》の疑いがある死刑囚に執行はしづらいからですか？」

「ええ、だから私も問題があると知りつつ、強硬にあの放送をやめさせようとはしなかったんですよ。慎一君の事件を客観的に見てみましょう。確定から五年未満で再審準備中、冤罪主張事件――客観的に見ればおそらく執行できないと思います。早期に執行されるのはまず、控訴の取り下げをして確定するなど罪を認めている場合です」

それでも百パーセントではない――菜摘はそう思い訊《たず》ねてみた。石和は答えて言う。

「そうですね、百パーセントではありません。刑事訴訟法四百四十二条に再審の請求は刑の執行を停止する効力を有しないという規定があり、再審請求準備中だけでなく人身保護請求中、再審請求中に執行されたケースもあります」

「じゃあ、再審請求をしても絶対安全ってわけやないんですか」

「まあ処刑された例はほとんどないですがね。だから再審請求は出来るならしておいた方がいいです。冤罪の可能性が高い事件では執行されずに獄中死するまで待つというのが法務省のスタンスと言えるでしょう。慎一君が有名な冤罪可能性の高い死刑囚になれば、執行はやはり難《にく》くなると思います。京大生逮捕と当時はインパクトがありまし

た が、今はそうでも……」

菜摘は一つ大きな息を吐いた。今、自分の中にはっきりとした思いがある。もう一度だけあの人と話がしたい。こんなまま終わらせたくないという思いだ。これまでの騒ぎは全て誰かのいたずらの可能性もある。それなら馬鹿らしいことだ。だが今は真実が知りたい――その思いが勝っている。十五年前の雨の中、玄関から出てきた血まみれのあの人は、あそこで何をしていたのだろう？　どういう思いでこちらを見つめていたのだろう？

「あの、石和さん」

何ですかと石和はすぐに答えた。

「石和さんは再審請求をどこかためらってはる気がします。何かあるんですか」

「そう見えますか」

石和は鼻の頭を軽く拭《ぬぐ》った。

「実は私が弁護士になりたての頃、渡辺先生が今の私と同じように死刑囚の再審弁護を担当していましてね。大した新証拠もなかったのに二度目の再審請求をしたんです。あれは明らかに死刑回避のためだけだった。ところが却下され、その直後に死刑が執行されたんです。狙われたとしか思えなかった。法務省の意思を感じました。またその何年か後にも同じことがありましてね。その時も二度目の再審請求却下後だったんです」

「そやったんですか」

「だから恐怖心があるのかもしれません。慎一君も今度が二度目ですから。まあ、こんなこと言っていちゃあいけないですかね。やっぱりちゃんと新規の証拠を見つけないと根本的な解決にはならないんです。年間執行者ゼロ時代ならともかく、これだけ執行される者が多くなっては特にね。今だけ大丈夫……では意味がないですし」

結局この日も事件について進展はなかった。

四条法律事務所をあとにしながら菜摘はメロスについて考える。あの男は捕まえて欲しいと言った。涙声で八木沼慎一を助けたいと訴えた。あれは自分には本心のように思える。だが何故あれから何も言ってこないのだろう？　まさか接触していることがディオニスにばれて粛清された？　不意に浮かんだそんな考えを打ち消すと、京の街の様子が目に入ってきた。

「クリスマス……か」

京都の街は十一月初めからすでにクリスマスに向けて準備が始まっていた。キリスト教とは何の関係もなさそうな団子の店が何故かライトアップされているのがおかしかった。八木沼慎一とメロスに明け暮れた一年だったが、何だかんだで今年もまた寂しいクリスマスになりそうだ。そんな菜摘の気持ちを察するように携帯に着信があった。長尾孝之からのものだった。えらくタイミングがいいものだ。くすりと菜摘は微笑んだ。

「沢井です、どうしはったんですか」

そう言うと、長尾は答えた。

「今度の金曜日、沢井さん休みでしたよね」

菜摘はええと答える。長尾は自分と同じ事件で兄を殺された被害者遺族だ。事件後に彼とは親しくなった。長尾は金曜日、話があるので会ってくれないかと言っていた。その日菜摘は仕事が休みだ。話の内容については言わなかったが、真剣な声だった。

菜摘は了解して家に帰ると、鞄《かばん》を投げ捨ててベッドに横になった。寝転がっていると、ふすまの間から仏壇の姉の遺影が目に入ってきた。ひどく若い。殺されたのはまだ十九歳だったから当然だ。もう自分は姉より十年も長く生きている。十年もあれば一杯楽しいこともできただろう。好きな人もできて、今頃は子供に恵まれていたのではないか。姉ならきっといいお母さんになれたことは保証してもいい。

そういえば姉には好きな人はいなかったのだろうか。優しくて、綺《き》麗《れい》で、その気になれば男が寄ってきて鬱陶《うっとう》しいくらいだったろうに、そんな感じではなかった。ラブレターの類《たぐい》はたくさん来ていたようだが、姉に恋人がいたという記憶はない。今思えば不思議だ。

菜摘は気になって姉の部屋に入ってみた。姉の遺品はいまだにほとんど手付かずで残っている。遺品には音楽関係の物が多かった。クラッシックのパンフレットや、黒人霊歌、七〇年代のフォークソングの楽譜などが所狭しと飾られている。一番手掛かりになりそうなのは日記だが、姉は日記の類はまるで残していない。絵も苦手で、あまり見せたがらなかった。遺《のこ》された姉の絵を見て、これなら自分の方がましだと菜摘は微笑む。それからもいろいろと探したが、事件と関係のありそうな物はまるで出てこなかった。ただ黒人霊歌といえばあの日のことがどうしても浮かぶ。『Soon-ah will be done』を歌う八木沼慎一の姿が。

その日、菜摘は約束をした通りに京阪宇治駅で降りた。子供の頃に来た時とは違って、今風というのか妙にアートな色彩の濃い造りになっていた。この辺りは有名な観光地だけあって、平日でも観光客の姿が目に付く。駅の近くを宇治川が流れ、宇治橋を渡れば平等院鳳凰《ほうおう》堂がある。川べりや山々の木々が美しく、四季の移り変わりを愛《め》でるには格好の場所だ。菜摘は長尾と待ち合わせた場所に向か

う。意味不明な五つの切り妻屋根の近く、タートルネックのセーター
を着た長尾の姿があった。

二人は少し歩く。長尾は先日亡くなった老父のことを話した。

「お父様は、結局最後まで恨んで逝ってしまわれたんですか」

長尾は前を向いたまま答える。

「でしょうね。ただ最後はアルッハイマーでしたから考えることも出来なくなっていたと思いますよ。僕の顔もわからなくなって幼児がえりしていました。でも少し前まではよく八木沼慎一のことを言っていました。まだあのガキは処刑されへんのか、されへんのやったらわしが殺したるってね」

「憎しみが生きる糧のようになっていたんですか」

「わしが死ぬのが早いか、あのガキが処刑されるのが早いかの戦いや、そやからわしは絶対死なへんって言っていました」

つらいものだなと菜摘は思った。人が死ぬことを願い、それを生きがいとしなければならない余生、長尾の父はその最期の時に何を考えたのであろうか。

「不思議なもんですね。あんなに可愛がってくれとった親父が死んだのにあんまり涙出えへんのですわ。兄貴の時はどうしようもなく出たもんですが。死ぬのがわかっていたからやろか」

そう言いつつも長尾は一度目がしらに手を当てた。

「準備が出来るっていうのはあるでしょうね。私も姉の時は突然すぎてもう何がなんやらわからへんようになって」

うつむきながら菜摘はそう言った。長尾は黙ってうんうんと何度かうなずく。少し間をあけると息を吐き出し、タイミングを見計らったように言った。

「沢井さん、一つ訊《き》きたいんやけど……八木沼慎一に会いに行ったって本当ですか」

菜摘はためらってからうなずく。

「……ホンマやったんですか」

「だいぶ前のことですけどね。でも会えへんかったです」

「どうしはったんですか？　何故そんなことを」

答えに困った。石和からは他言無用と言われている。もちろん死刑囚に会いに行くかどうかは個人の自由だ。誰かに文句を言われる筋合いのことではない。

「ひょっとして、あの事件の犯人は八木沼慎一やないて思い始めとるんですか」

長尾は鋭かった。いや、この程度の推理は誰でも出来るかもしれない。菜摘はすぐには問いに答えずうつむいた。それは肯定を意味すると受け取られただろう。ずっと気になることがあった。それは長尾の家にはメロスから連絡がなかったのかということだ。遺族に謝罪したいというメロスの言い分なら、自分のところだけでなく長尾家にも連絡があるはずだ。あれから長尾とは何度か会ったが、そういうことは何も言っていなかった。

「何かあったんですか？　沢井さん」

「それは……」

「何でも言うてくださいよ」

真剣な声で長尾は訊いてきた。石和と約束していたが、これ以上隠し通すことはできないように思う。それに長尾の所へ電話がなかったのかということは気になる。

「長尾さん所には何も連絡あらへんですか」

「はあ？　誰からです？」

「犯人、十五年前の事件の犯人を名乗る男からです」

長尾は答える代わりに驚いた顔を見せた。どういうことなんですか？　そんな問いが顔に書いてあるようだった。菜摘は一度額に軽く手を当てると、問われる前に自分から打ち明ける。犯人を名乗る人物から電話があったこと。その人物は八木沼慎一の弁護士や父親にメロスと名乗って接触してきていることを話した。

「メロス……ですか」

聞き終えると、長尾は息を吐き出した。いたずらでしょうと笑い飛ばすかと思ったが言葉を発せず、意外と真剣な顔だった。

「僕の所には連絡はあらへんですよ」

「そうですか、なんで私のとこだけ……」

「沢井さんはその電話の主、メロスが言うたことを信じとるんですか」

「わかりません。でもわからへんから行ったんです」

長尾は思いのほか真面目に考えている。例の台本については話していない。台本についても話すべきか？　そう思ったが、すんでのところで思いとどまった。

「もしそれがホンマやったらえらいことです」

力なく菜摘はええ、と応じる。

「事件当時、兄貴たちは鴨川で歌っとったんですよね？　ホームレスを支援するとかで。それが三人のつながりやった。沢井さん、何かお姉さんについて気になることはなかったですか」

菜摘は姉の遺品のことを話す。

「演劇をやりたいってことは言っていました。あの日も橋の上で姉と八木沼慎一の歌を聴いていたんです。『Soon-ah will be done』って曲です。姉はすごいやろ、これを『走れメロス』の舞台で歌うんやでって言っていました」

「それはあんまり関係ないんちゃいますか」

即座に否定され、菜摘もそうですねと同意する。

しばらく沈黙が流れた。信号で止まると、長尾はつぶやくように言った。

「何で兄貴たちはホームレスを支援しよと思ったんやろ？　別に困っとる人助けるんやったら、ホームレスやのうてもええやないですか。身障者や犯罪被害者でもええと思ったもんで」

はあと菜摘は気のない返事をした。

「ホームレスは無茶な借金こさえたり、働くのんが嫌になったりした自業自得の連中が多いわけでしょ？　それやったら罪のないそういった人らを優先して助ければええやないですか」

「たまたま目に付いたんがホームレスってことやないですか」

「そやけど兄貴はあんまりホームレスに同情的やなかったもんでおかしいなと思ったんです」

それから二人はしばらく歩いた。喫茶店で軽く食事をとり、事件のことについて話す。だが進展はない。店の外に出ると菜摘は長尾を見つめた。長尾は言い出しづらそうな顔をしていた。

「どうかしはったんですか、気になることでも」

「もう少しだけ付き合ってくれませんか」

「ええ、構いませんけど。どこへ？」

長尾が向かったのは仏徳山《ぶっとくさん》だった。この山はたいして高くない。観光客もいるが平等院や宇治橋のついでに観ていくという感じがする。

「少し前だと紅葉が綺麗《きれい》だったんですが」

残念そうに長尾は言った。しばらく歩くと頂上にたどりつき、柵《さく》の向こうに夕映えの中、宇治川や宇治市内の景色が広がった。菜摘は綺麗ですねと言った。

そこで会話が途切れた。二人は何も言わずそのまましばらく宇治の景色を眺めていた。周りに人は少なく、徐々に陽は陰っていく。だが決して悪い雰囲気ではなかった。

「ガキの頃、ここに登ったときに夢を見たんですよ」

沈黙は長尾が破った。

「どんな夢ですか」

「しょうもない夢です」

「この柵越えて空に羽ばたくとかですか」

惜しいですねと長尾は笑った。

「そうなんや、冗談やと思った」

そう言いながら菜摘は鉄棒をするように柵につかまった。見る見るうちに陽が陰ってゆく。長尾が言葉を続けないのでどうでもよかったが催促してみた。

「で、どんな夢やったんですか」

長尾は一度笑ってから言った。

「ここでプロポーズするって夢です」

「え……」

「沢井さん、結婚してくれませんか」

結婚？　菜摘は思わず目を伏せた。冗談ですか——そう問い返すことはできなかった。長尾は微笑んでいるがその瞳《ひとみ》の奥は真剣だ。

「ずっと好きやったんです」

何も言えなかった。こんなところに付き合わせてどうするのかとは思ったがまさかプロポーズとは思わなかった。考えてみれば付き合いは長い。知り合ったのは事件のあった十五年前だ。それから二人だけの時を何度も繰り返した。ただそこに恋愛感情というものが果たしてあっただろうか。自分たちは同じ男に愛する家族を殺された者同士——その連帯意識がかえってそういう感情を気づかせずにいた。長尾の感覚の方がずっと自然なのではないだろうか。

「駄目ですか、沢井さん」

「いきなりやったもんで、私」

その言葉は本心だった。混乱している。ついさっきまではメロスのことで頭が一杯だったのだ。ただ結婚というものが綺麗ごとだけでないことくらいはわかる。自分はもう二十九だ。長尾のことも嫌いではない。この機を逃してしまえば一生独り身かもしれない——そんな切迫感もある。菜摘は柵から離れた。何となく、この長尾の妻になっている自分が想像できた。決してすべてが満たされるわけではないがそれなりの幸福——そんな感じだった。

「実は母から言われとるんです。沢井さんがあんなドキュメンタリーに出るんはおかしい、何であの人はこんなことするんやろって。遠まわしに付き合いを否定されとるんです。そやけど僕は沢井さんが好きなんです。一生何があっても守りたい」

「ちょっと考えさせてください」

そう言って菜摘は長尾に背を向ける。二人はほとんど無言で駅まで歩き、そこで別れた。


出町柳から階段を上ると、停めてあった自転車の鍵《かぎ》を外した。

賀茂大橋の上はいつもと変わらない。この世の春を謳歌《おうか》する学生、仕事が終わって飲みに出かけるサラリーマン、みな金曜の夜に期待で満ちた顔をしている。京の街は今日も平穏無事。ただ一人自分だけが違う。結婚か――今年はメロスやディオニスのこと以外、考えもしなかった。最後になって大きな爆弾が降ってきた思いだ。

菜摘はスーパーで夕食を買うと家に帰った。

郵便受けには夕刊と三通の封筒が入れられている。二通まではただのダイレクトメールだった。ただ一通は差出人の名前がない。ハサミで切って開けると、中からはストーカーじみた菜摘への好意が書かれた手紙が出てきた。菜摘はふうと息を吐き出す。

ふと留守電を見るとランプが点滅している。

はっとしてボタンを押した。メッセージは一件……ただその声は聞き覚えのあるものだった。メロスからのメッセージ。泣きながら話している。

「……なんで捕まえてくれんかった」

それだけが入っていた。どういう意味だろう？　しばらく考えて思い至る。菜摘は何かに殴られたような衝撃を感じた。急いで夕刊を広げる。

予想は当っていた。声が出ない。

夕刊を持つ手が震える。生暖かい感触が足元に広がった。

菜摘は膝《ひざ》から崩れ落ち、しばらく何も出来なかった。夕刊には本日死刑執行の記事が載っている。そしてその処刑された者の欄には、八木沼慎一（三十七）という文字があった。

本書は、株式会社KADOKAWAのご厚意により、角川文庫『雪冤』を底本としました。但し、頁数の都合により、上巻・下巻の二分冊といたしました。

雪《せつ》 冤《えん》　上

（大活字本シリーズ）

---


2023年11月20日発行（限定部数700部）

底　本　角川文庫『雪冤』

定　価　（本体3,200円＋税）

著　者　大門　剛明

発行者　並木　則康

発行所　社会福祉法人 埼玉福祉会

埼玉県新座市堀ノ内3—7—31　〒352—0023

電話　048—481—2181

振替　00160—3—24404

印刷製本所　社会福祉法人 埼玉福祉会 印刷事業部


---




ISBN 978-4-86596-611-4

# 大活字本シリーズ発刊の趣意

現在，全国で65才以上の高齢者は1,240万人にも及び，我が国も先進諸国なみに高齢化社会になってまいりました。これらの人々は，多かれ少なかれ視力が衰えてきております。また一方，視力障害者のうちの約半数は弱視障害者で，18万人を数えますが，全盲と弱視の割合は，医学の進歩によって弱視者が増える傾向にあると言われております。

私どもの社会生活は，職業上も，文化生活上も，活字を除外しては考えられません。拡大鏡や拡大テレビなどを使用しても，眼の疲労は早く，活字が大きいことが一番望まれています。しかしながら，大きな活字で組みますと，ページ数が増大し，かつ販売部数がそれほどまとまらないので，いきおいコスト高となってしまうために，どこの出版社でも発行に踏み切れないのが実態であります。

埼玉福祉会は，老人や弱視者に少しでも読み易い大活字本を提供することを念願とし，身体障害者の働く工場を母胎として，製作し発行することに踏み切りました。

何卒，強力なご支援をいただき，図書館・盲学校・弱視学級のある学校・福祉センター・老人ホーム・病院等々に広く普及し，多くの人人に利用されることを切望してやみません。